꼭 읽어야 할
중학교
문학
첫걸음

소설 • 1

꼭 읽어야 할
중학교 문학 첫걸음 소설 1

초판 1쇄 발행 2025년 08월 01일
초판 2쇄 발행 2025년 11월 20일

글 황순원 외   **그림** 이갑규   **엮음** 한재진
발행처 주식회사 스푼북   **발행인** 박상희   **총괄** 김남원
편집 김선영 길유진 박선정 이민주 이지은
디자인 이지숙 권수아 정진희   **마케팅** 박병건 구혜정
출판신고 2016년 11월 15일 제2017-000267호
주소 (03993) 서울시 마포구 월드컵북로6길 88-7 ky21빌딩 2층
전화 02-6357-0050(편집) 02-6357-0051(마케팅)
팩스 02-6357-0052   **전자우편** book@spoonbook.co.kr

ISBN 979-11-6581-597-4 (43810)

* 저작권법에 의하여 한국 내에서 보호를 받는 저작물이므로 무단 전재와 무단 복제를 금합니다.
* 잘못 만들어진 책은 구입하신 곳에서 바꾸어 드립니다.

꼭 읽어야 할
중학교 문학 첫걸음

소설 · 1

황순원 외 지음 | 이갑규 그림 | 한재진 엮음

스푼북

책을 펴내며

여러분 주변 어른들께서 "우리 ○○이 못 본 사이에 많이 컸네."라고 말씀하실 때가 있죠. 이때 우리는 '크다'의 의미를 외형적인 성장으로 자연스럽게 받아들입니다.

그런데 종종 "우리 ○○이 이제 다 컸네. 다 컸어."라는 말씀도 하십니다. 앞의 표현과는 의미가 사뭇 다르다는 게 느껴지나요? 맞아요. 이때 '크다'의 의미는 겉으로 보이는 외형적인 성장이 아닌 내면적인 성장을 의미해요.

사람의 외형적인 성장은 주로 10대 때 왕성하게 이루어지죠. 그렇다면 내면적인 성장은 어떨까요? 내면적인 성장은 연령대와 상관없이 언제든 일어날 수 있습니다.

특별한 계기나 사건을 통해 성장하기도 하고 매일 똑같은 일상 속에서 나도 모르게 조금씩 자라기도 하지요.

소설 속 인물들도 마찬가지입니다. 그들은 여러 상황과 사건 속에서 기쁨과 슬픔, 갈등과 고민을 경험합니다. 그리고 그 과정에서 변화하고 성장하죠.《꼭 읽어야 할 중학교 문학 첫걸음 – 소설 1》속의 단편 소설들을 읽으며 소설 속 주인공들의 성장을 살펴보세요.

문학을 읽는다는 것은 한 사람의 삶을 들여다보는 것이며, 경험해 보지 못한 세상을 만나는 일입니다. 우리는 이 과정을 통해 자기 자신과 다른 사람을 더 잘 이해할 수 있게 되지요. 소설을 읽으며 등장인물의 선택을 따라가 보세요. '나라면 어떻게 했을까?' 하고 스스로에게 질문을 던져 보세요. 그렇게 문학을 통해 우리는 더 깊고 넓게 생각하는 힘을 기를 수 있습니다.

  이 책에는 중학교 1학년 국어 교과서에 실린 작품들, 그리고 여러분 또래의 시선과 잘 맞는 작품들이 담겨 있습니다. 작품을 읽으며, '성장'과 '상징'이라는 두 가지 키워드를 염두에 두고 감상해 보세요. 또, 각 작품을 읽기 전에 '어떻게 읽을까?'를 참고하면 더욱 풍부한 감상을 할 수 있을 것입니다.

  이제, 소설 속 인물들과 함께 새로운 세상을 만나 볼 준비가 되었나요? 그들의 성장과 변화 속에서 여러분만의 이야기를 찾아가길 바랍니다.

엮은이
한재진

차례

책을 펴내며 ··· 004

1 오후 4시, 달고나 ● 이송현 ··· 009

2 껍질을 벗다 ● 프란시스코 히메네스 ··· 043

3 노새 두 마리 ● 최일남 ··· 059

4 선생님의 밥그릇 ● 이청준 ··· 093

5 소나기 ● 황순원 ··· 105

| 6 | 고무신 • 오영수 | ⋯ 125 |

| 7 | 파랑새 • 모리스 마테를링크 | ⋯ 151 |

| 8 | 항아리 • 정호승 | ⋯ 171 |

| 9 | 안내를 부탁합니다 • 폴 빌리어드 | ⋯ 181 |

작품 출처 및 수록 교과서　　　　　　　　　　⋯ 196

일러두기

1. 본문은 작품이 수록된 단행본을 원본으로 삼았으며, 맞춤법과 띄어쓰기는 국립국어원의 현행 표기법을 따랐습니다.
2. 책 제목은 《 》, 단편 소설·연극·잡지·노래 제목 등은 〈 〉로 표시하였습니다.
3. 부가적인 설명이나 단어 풀이가 필요하다고 판단한 경우에는 각주로 설명을 붙여 놓았습니다.

1

오후 4시, 달고나

이송현

어떻게 읽을까?

① 주인공이 사랑을 통해 기쁨과 아픔을 경험하며 감정적으로 성장하는 과정을 살펴보세요.
② 치매에 걸린 할아버지를 돌보면서 가족의 의미를 다시 생각하는 주인공의 태도 변화에 주목해 보세요.
③ 제대로 된 달고나를 만드는 과정과 주인공의 내면적 성장 과정이 어떻게 연결되는지 생각해 보세요.

"언니, 달 주세요. 보름달."

속도 좋지, 똥을 한껏 싸 놓고 먹을 것을 달라니. 할아버지는 양심도 없다. 엄마는 인상을 찌푸릴 법도 한데 무표정이다. 대신 나를 노려보며 복화술하듯 입을 달싹거리며 경고했다.

"너, 저녁 먹기 전에 할아버지한테 또 달고나 주면 혼날 줄 알아."

나는 벽에 걸린 할아버지의 중절모를 있는 힘껏 노려보았다. 중절모를 베란다 밖으로 던져 버릴까, 잠깐 고민했다. 중절모가 사라지면 할아버지는 작은방에서 한 발자국도 나오지 않을 테니 제법 잔인한 복수가 되겠지.

밥 먹기 전에 안 먹는다고 약속까지 해 놓고 할아버지는 날름 달고나를 입에 넣었다. 사실 달고나는 할아버지를 위한 것이 아니었다. 한승규가 달고나를 좋아한다는 정보를 입수하지 않았다면 인터넷 쇼핑으로 달고나 세트를 구입하지 않았을 것이다. 한승규에게 완벽한 하트 모양의 달고나를 만들어 주기 위해 열과 성을 다해 연습하는데 재주는 곰이 부리고 돈은 되놈*이 가져간

---

* 되놈: 중국 사람을 낮잡아 이르는 말

다더니, 딱 내 꼴이다. 달고나 장인의 유명 블로그에 적힌 대로 매번 연습하는데도 달고나 맛은 영 별로다.

"똥이다, 똥. 언니, 똥 만지면 안 돼요."

맨 처음 달고나를 만들었을 때 할아버지가 내게 건넨 말이다. 충격이 컸다. 내가 똥손인 건 알았지만 가족 이름도 기억 못 하는 할아버지한테 똥이나 만들었다는 평가를 받다니! 수차례 연습한 끝에 모양은 이제 그럴싸하지만 맛이 관건인데 이 상태로 한승규 앞에 내놓는다는 건 불가능이다.

오후 4시, 학교에서 돌아오자마자 학원 가기 전에 짬을 내서 연습하는 건데 정성을 봐서라도 하늘은 내게 손맛이란 걸 내려 줄 때도 되지 않았나? 베이킹 소다 양 조절이 아무래도 실패인 것 같았다. 그래도 사람은 희망의 끈을 놓아서는 안 된다고, 어느 책에서 봤던 것 같은데……. 달고나 장인이 되기까지의 갈 길이 얼마나 먼지 짐작할 수 없지만 똥에서 달이, 보름달로 업그레이드되었으니 오늘은 썩소라도 지어 봐야 하는 건가?

"이서율, 너 빨리 화장실 들어가서 청소해. 얼른!"

"왜, 내가 싼 똥도 아닌데!"

엄마가 내 입을 틀어막으며 머리를 들이박을 기세다. 그러더니 내 등을 화장실로 떠밀었다.

"진짜 이럴 거야, 할아버지 앞에서. 좋은 말로 할 때 들어."

할아버지는 속옷이나 바지에 실수를 하는 일은 절대 없으면서 매번 변기에 똥을 묻히곤 했다. 이쯤 되면 날 물먹이는 건가 싶은 의구심도 든다. 그리고 변기통은 늘 내 차지다. 할아버지한테 한바탕 퍼부으려는 찰나 카톡이 왔다.

　―연락할게.

　한승규였다. 연락한단다. 이건 단체 톡이 아닌 나에게만 보낸 개인 톡이다. 심장이 톡 알람처럼 경쾌하게 뛴다.

　"이서율, 얼른 화장실 안 들어가?"

　"들어가지, 내가. 지금 들어간다, 엄마!"

　나는 고무장갑을 끼고 콧노래를 부르며 세제를 세숫대야에 풀었다. 까짓것 똥 냄새가 대수랴! 무슨 수를 써서든 봉사 활동 가기 전까지 한승규가 좋아하는, 완벽한 맛의 달고나를 만들어 가야지.

　"할아버지, 모자 쓰세요. 밥 먹으러 나가야죠."

　방문을 열자 내 예상이 딱 맞았다. 창가에 붙어서 노을 지는 광경을 바라보고 있는 할아버지가 눈에 들어왔다. 온종일 할아버지는 작은방에서 새장 속의 새처럼 창밖만 바라보았다. 해가 져야만 아빠가 집으로 돌아오니까.

　"할아버지, 밥 아줌마가 식사하러 나오시래요."

　한껏 움츠러든 어깨를 하고는 내 눈치를 보는 할아버지 모습에 살짝 짜증이 났다. 잠옷 차림에 중절모를 쓴 할아버지 모습은 우스꽝스럽기 짝이 없다. 할아버지는 중절모를 차분히 고쳐 썼다. 저쯤 되면 집착이다. 할아버지는 치매에 걸리고부터 유달리 중절모랑 한 몸이 되었다. 중절모는 10여 년 전에 할아버지와 마지막으로 함께 간 여행 때 아빠가 사 드린 것이었다.

"나…… 돈 없어요."

"나도 알거든요. 엄청 맛있는 갈치조림 했어요."

나는 방을 나왔다. 물론 문을 닫지 않았다. 그래야 갈치조림 냄

새가 방으로 풍겨서 할아버지가 나올 테니까. 뒤를 돌아보지 않아도 할아버지가 중절모를 만지작거리며 엄청 고민하고 있을 걸 나는 다 안다. 나는 속으로 숫자를 센다.

'하나, 두울, 셋.'

식탁 의자에 엉덩이를 내려놓자마자 할아버지가 부엌에 나타났다. 할아버지한테 엄마는 막내며느리가 아니라 밥집 아줌마다.

"할아버지, 어서 오세요. 식기 전에 맛있게 드세요."

엄마는 연기를 전공하지도 않았는데 우리 집에 할아버지가 오고 난 후 연기 실력이 나날이 늘고 있다.

"아줌마, 나 돈 없어요."

엄마가 권하는 자리에 앉으며 할아버지가 중절모를 벗었다. 할아버지가 모자를 벗었다는 것은 밥을 먹고 싶다는 뜻이다. 매번 같은 상황인데 미안해하는 기색이 역력했다.

"괜찮아요, 어르신. 이따가 아드님이 퇴근하고 밥값 준다고 전화 왔어요."

"그래요? 아줌마, 내가 꼭 밥값 주라고 할게요."

"네, 어르신이 이따가 꼭 말해 주세요. 갈치조림 드시고 싶다고 하셨다면서요? 다음부터 드시고 싶으신 것 있으면 저한테 말해 주세요."

"내가…… 아줌마한테 미안해서 그래요. 이렇게 매일 나한테 따뜻한 밥 해 주는데."

나는 이 코미디 같은 상황을 처음에는 어떻게 받아들여야 할지 몰랐다. 하지만 한 달이 지나자 그러려니 한다. 갈치 가운데 토막의 살점이 두툼하니 맛있어 보였다. 젓가락으로 살점을 집으려는데 엄마가 눈치를 줬다. 할아버지 먼저라는 무언의 압력에 나는 슬그머니 젓가락 방향을 돌렸다.

"아줌마, 우리 이태한도 갈치조림 좋아해요. 이거 나 안 먹고 우리 이태한 주고 싶은데……."

할아버지가 갈치조림 양념만 찍어 먹으며 말했다. 엄마는 그런 할아버지를 짠한 눈으로 보더니 할아버지 밥공기에 갈치 토막을 통째로 올려놓았다.

"어이구머니나! 이렇게 큰 걸."

할아버지의 외침을 깨끗이 무시하고 엄마가 웃었다.

"어르신, 이태한 씨는 매일 잘 먹고 다니니까 걱정하지 마시고 많이 드세요."

할아버지가 우리 집에 온 이유는 우리 집에 빈방 여유가 있다는 것이었다. 24평, 우리 집보다 큰 평수에 사는 큰아버지, 둘째 큰아버지가 할 소리는 아니었다. 게다가 우리 집은 자식이 나 하나라서 식비도 크게 안 들지 않느냐는 궤변까지 늘어놓았다. 말도 안 되는 이유들은 치매에 걸린 할아버지를 맡기 싫은 큰아버지와 둘째 큰아버지의 핑계에 불과하다.

어른들 일이라 모른 척하고 있지만 막내며느리인 엄마 입장에서는 불공평한 처사가 아닐 수 없다. 난색을 표했던 엄마가 할아버지를 집으로 모시기로 한 데에는 결정적인 한 방이 있었다. 그

한 방이 엄마의 심장을 꾸욱 눌러, 잊고 있던 엄마의 감성을 스위치 온 했기 때문이다.

"미안해요, 아줌마. 우리 태한이가 엄마가 없어서…… 배가 많이 고파요. 내가 우리 태한이 옆에 있어 줘야 해요."

앞뒤 문맥도 맞지 않는 그 말 한마디에 엄마는 할아버지의 짐 가방을 챙겨 들었다. 외할아버지를 일찍 잃은 엄마와 돌 지나고 나서 엄마를 잃은 아빠 사이에 내가 읽어 낼 수 없는 마음이 저장되어 있는 듯했다.

날이 갈수록 모든 기억을 잃어 가면서도 어떻게 할아버지는 이 태한이란 존재 하나만 손에 붙들고 놓지 않는 건지 모르겠다. 어떤 시련이 닥쳐도 내 첫사랑 한승규를 놓지 않으려는 내 마음과 같은 걸까?

할아버지는 아빠가 집에 없으면 절대 작은방 밖으로 나오지 않는다. 그나마 식사 때만 미안해하며 방 밖으로 나온다. 나는 한승규에게 톡을 보냈다.

–연락한다며? 죽었냐?

너무 보채는 느낌을 주지 않으려고 뒤에 농담처럼 덧붙였다. 보내 놓고 살짝 후회가 되었지만 별수 없었다. 온 신경이 핸드폰에 쏠려서 괜히 소파에서 멀리 떨어진 장식장에 핸드폰을 두었다. 현관문 비밀번호 누르는 소리가 들리자 작은방 문이 열린다. 몸도, 정신도 온전치 않은 일흔일곱의 할아버지에게 현관문 비밀번호 누르는 소리만은 엄청 크게 들리나 보다.

"아버지, 다녀왔습니다."

현관에서 신발을 벗기도 전에 방문이 벌컥 열리고 할아버지가 나왔다. 할아버지가 오고부터 아빠의 퇴근 풍경은 완전히 달라졌다. 각자 하던 일을 하며 "왔어요?" 했던 엄마나 나와 달리, 할아버지는 아빠의 퇴근을 온몸으로 환영했다.

"우리 이태한이!"

할아버지는 앙상한 몸으로 배가 나온 아빠를 꼭 끌어안았다. 할아버지가 아빠를 얼마나 기다렸는지는 중절모를 쓰지 않고 방 밖으로 나온 것을 보면 알 수 있다. 할아버지는 작은방에서 나올 때면 잊지 않고 중절모를 챙겨 썼다.

한승규를 처음 봤을 때, 한승규는 운동장에서 야구를 하고 있었다. 베이지색 야구 모자를 쓴 모습이 무척이나 잘 어울렸다. 투수였는데 공 던지는 폼이 예술이었다. 스트라이크로 상대 타자를 잡고 나서 모자를 살짝 들어 올리는 모습에 반했다. 모자가 살짝 들릴 때마다 웃는 얼굴이 꼭 나를 향해서 미소 짓는 것 같았기 때문이었다.

"태한아, 빨리 아줌마한테 밥값 줘라."

할아버지는 아빠의 손을 끌었다. 아빠는 옷을 갈아입기도 전에 등 떠밀려 엄마 앞에 섰다. 솔직히 이때가 제일 웃기긴 하다. 연기에 능숙한 엄마와 달리 아빠 얼굴은 벌겋게 변해 가니까.

"어르신이 오늘 갈치조림 백반을 맛있게 드셨어요."

 엄마는 밥집 한 번 안 해 봤으면서 밥집 사장 흉내를 제법 잘 냈다. 할아버지가 우리 집에 와서 좋은 점이 있다면 인스턴트 식품을 서슴지 않고 내놓던 엄마가 제대로 된 요리를 하기 시작했다는 정도다.
 "태한아, 아주머니한테 얼마냐고 물어봐야지."
 할아버지가 어린아이 타이르듯 아빠한테 점잖게 한마디 했다. 아빠는 매번 하는 일인데도 영 적응이 안 되는 모양이었다. 그래도 주머니에서 지갑을 꺼내며 엄마에게 예의상 물었다. 콧구멍이 씰룩대는 것을 보니 아빠는 이 상황이 못마땅한 모양이다. 할아버지 앞에서 처음 밥값을 치렀을 때가 트라우마처럼 남았을 거다. 엄마가 돈을 돌려주는 줄 알았는데 싹 무시하고 엄마 지갑에 넣고는 그만이었기 때문이었다.

"아주머니, 밥값 얼맙니까?"

"만 원입니다, 사장님."

"뭐? 야, 한선화! 집에 있는 밥 차리면서 무슨 만 원씩이나 받나?"

손을 내밀고 있던 엄마에게 할아버지가 허리 굽혀 사과했다. 그런 할아버지 모습에 아빠는 황당하다는 표정이었고 엄마는 당당하게 할아버지의 사과를 받았다.

"아줌마, 미안해요. 내가 우리 태한이한테 잘 말할게요. 내가 너무 비싼 걸 먹어서 그래요."

"아니에요, 어르신. 절대 비싼 거 아니거든요. 아드님이 밥값 주실 거니까 걱정 마세요."

나는 이 연극의 끝을 안다. 아빠가 투덜거리며 엄마 손에 만 원을 주었다. 그제야 다행이라는 듯 할아버지 얼굴에 미소가 번졌다. 할아버지 마음을 이용해서 밥값을 버는 엄마랑 매번 당하는 아빠를 구경하는 게 처음에는 재미있었지만 이제는 별로다. 맨 처음부터 엄마가 밥값을 받았던 것은 아니었다. 괜찮다고 외상값을 적겠다고 하자, 할아버지가 "나는 우리 태한이 그리 안 키웠소! 외상이라니!" 하고 호통쳤다. 엄마는 그때 할아버지가 제정신으로 돌아온 줄 알았다고 했다.

"태한아, 내가 너무 비싼 거 먹었지?"

"아니에요, 아버지. 하나도 안 비싸요. 저 아줌마가 강도예요, 날강도."

아빠의 말에 엄마가 눈을 흘겼다. 그러자 할아버지가 아빠를 점잖게 타일렀다.

"그럼 못써. 좋은 아주머니야. 반찬 솜씨도 좋고."

엄마는 할아버지를 향해 엄지손가락을 추켜세웠다. 옛날에 아빠랑 엄마가 결혼하기 전, 엄마 음식을 맛보고는 결혼을 허락했다고 한다.

"이런 음식을 만들 수 있는 사람이라면 진짜 널 사랑하는 사람인 게다. 정성을 다해야 이런 맛을 낼 수 있을 테니."

엄마의 음식 맛은 변하지 않았다. 엄마는 한결같은 마음으로 아빠를 사랑하나 보다. 비록 아빠가 강도라고 불러도 말이다. 그건 그렇고 한승규는 나한테 문자 한다고 해 놓고는 왜 아무 소식이 없을까? 연애를 시작한 친구들이 사랑은 밀당의 연속이고 자존심 싸움이라고 하지만, 나는 밀당이고 자존심 같은 건 나 몰라라 하고 싶은 심정이다. 나는 장식장 근처를 서성이다 카톡을 확인했다. 한승규는 여전히 내 톡을 읽지 않은 상태였다. 괜히 서운하고 울컥한 마음에 코끝이 찡했다.

오늘 급식은 비빔밥이다. 왜 비빔밥에 부추를 넣는지 이해할 수가 없다. 콩나물, 당근, 오이, 고기볶음, 호박, 시금치가 딱 적당하다. 시금치가 있는데 굳이 부추를 넣는 의도를 모르겠다.

"이서율, 부추 안 먹을 거면 나 줘."

규리가 방긋대며 제 숟가락을 내밀었다. 나는 규리의 숟가락에 부추를 얹었다. 키가 작고 귀여운 규리는 편식하지 않았다. 규리보다 키가 한 뼘이나 더 큰 내가 편식 대장이었다.

"이서율, 너 부추 싫어해? 이리 줘, 내가 먹을게."

한승규다. 한승규가 규리의 숟가락을 뺏더니 한입에 부추를 씹어 먹었다. 나도 모르게 인상이 찌푸려졌지만 한승규는 멋졌다. 요즘 얘가 수상하다. 그냥 남자 사람 친구에서 이탈하려고 하는 것만 같다. 내 주위를 뱅글뱅글 맴돌지 않나, 체육 시간에 기구를 대신 들어 주질 않나, 지난주에는 화장실 청소까지 도와줬다. 오늘은 내가 싫어하는 부추까지 먹어 줬다. 이건 암시다. 한승규가 나를, 나를…….

"너, 어제 왜 연락 안 했어?"

최대한 무심한 척, 지나가는 말투로 물었지만 내 속은 난리법석이었다. 언제 한승규한테 톡이 올지 몰라서 새벽까지 잠을 설쳤다.

규리가 한승규와 나를 놀란 눈으로 바라보았다. 내 말에 한승규 얼굴이 새빨개졌다. 귀까지 빨개지는 모습이 새로웠다. 한승규 입가에 붙은 초록 부추가 싱그러워 보였다. 하마터면 손을 뻗어 한승규 입가에 붙은 부추를 뜯어 먹을 뻔했다.

"앗, 미안. 봉사 활동 알아보느라고. 이서율, 봉사 활동 어디서 할 건지 정했냐?"

"뭔 소리? 네가 기다리라며?"

"그래서 내가 다 세팅했지. 당장 이번 주말부터 할 수 있지?"

"어딘데?"

어디냐고 묻기는 했지만 한승규와 함께라면 어딘들 못 갈까. 중 3이 할 수 있는 봉사 활동이란 게 대충 예상 가능했다. 묵묵히 밥을 먹고 있는 규리한테 한승규가 물었다.

"최규리, 봉사 활동 아직 안 정했으면 서율이랑 같이 해. 셋이 갈 수 있어. 행복마을에 있는 요양 병원인데 힘든 일은 내가 다 할게."

한승규의 새로운 면을 봤다. 우리 둘만 가자니 쑥스러웠나? 내 생각과 달리 부끄러움이 많은가 보다. 게다가 내 친구까지 챙겨 주다니! 적잖이 감동이다. 밥을 남겼는데도 배가 불렀다.

"규리아, 같이 가자. 우리 셋이 하면 봉사 활동도 지겹지 않을 거야."

머뭇거리는 규리를 향해 한승규가 고개를 끄덕였다. 나는 그런 한승규가 괜스레 자랑스러웠다. 입가를 비집고 나오는 웃음기를 감출 수가 없어서 억지 재채기를 연거푸 했다.

남은 봉사 활동 20시간이 아쉬웠다. 20시간이 지나기 전에 한승규가 나한테 고백하려나? 오늘은 기필코 최고의 달고나를 만들고 말 테다! 머릿속 가득 달고나의 황금 비율을 가늠하기 시작했다. 달고나 고수 블로그를 봤더니 달고나의 쌉싸름한 맛을 없애는 관건은 베이킹 소다 양을 잘 조절해야 한다는 설명이 있었다. 적절한 양의 베이킹 소다를 넣었을 때 달고나 덩어리 색깔은 연베이지 빛깔에 가까웠다. 오늘은 달고나를 제대로 완성해 볼 수 있을 것 같은 예감이 들었다.

설탕과 베이킹 소다의 비율은 한승규를 사랑하는 내 마음과 나를 배려하는 한승규의 마음을 적절하게 섞는 것만큼 쉽지 않은 일이었다. 어느 한쪽이라도 지나치거나 모자라면 달고나는 쓴맛이 나니까.

뭐가 잘못돼도 한참 잘못됐다. 셋이 같이 왔으면 일도 같이 시켜야지, 나만 따로 떨어져서 급식 도우미를 맡았다. 한승규와 규리는 어르신들 산책 도우미로 뽑혔다. 도대체 어떤 기준으로 역할을 나누는지 이해할 수가 없다. 혹시나 해서 간밤에 이불을 뒤집어쓰고 한승규랑 딱 붙어서 봉사하게 해 달라고 하느님, 부처님, 심지어 알라신한테도 빌었다. 기도의 대가가 이런 시련이라니!

"서율아, 내가…… 바꿔 줄까?"

규리가 미안한 얼굴로 제안했지만 나는 쿨한 척

"에이, 원칙대로 해야지. 괜찮아."

했다. 괜한 짓이었다. 진짜 쿨하지도 못하면서 한승규가 날 보고 있다는 것 때문에 엄청 쿨한 척했다. 그래도 나름 한승규한테 멋진 이미지를 보여 준 것 같아서 마음이 조금 가벼웠다.

"오, 원리 원칙을 따르는 이서율!"

한승규는 내 대답을 듣고 규리한테 윙크까지 했다. 조리실로 발길을 돌리는 내 등을 툭툭, 두드려 주기도 했다.

사랑 요양 병원 조리실은 우리 학교 급식실과 크게 다르지 않았다. 문제는 조리실과 하나로 이어진 급식실 주위로 창밖이 훤히 보인다는 것! 창밖의 오솔길이 어르신들의 산책로였다. 나는 영양사 아줌마가 건넨 펑퍼짐한 조리복과 장화, 장갑, 위생모를 썼다. 안 그래도 통통한 내 몸을 더욱 동그랗게 만드는 패션이었

다. 거울에 비춰 본 내 모습은 흡사 유부초밥 같았다.
　오늘의 점심 메뉴는 콩국수와 메밀 전병이다. 가게에서 파는 콩국물을 사면 될 것을 봉사자들은 하루 종일 콩 껍질을 까고 씻고 삶느라 야단이었다. 땀이 위생복 사이를 비집고 흘렀다. 한승규한테 잘 보이려고 새벽부터 비비 크림을 정성껏 발랐는데 땀 때문에 물광 피부는 흔적도 없이 사라졌다. 콩을 씻다가 허리가 아파서 등을 펴고 일어섰다. 하필이면 창밖에 있는 한승규랑 눈이 마주쳤다.
　'아이 씨, 얼굴이 엉망일 텐데.'

내 속도 모르고 한승규가 내게 손 인사를 했다. 나는 반가운 척 손을 흔들었다. 규리와 한승규는 할아버지 한 분을 나란히 부축했다. 한승규가 부축하는 할아버지가 나였으면 좋겠다. 뭐가 그리 즐거운지 한승규와 규리는 할아버지 손을 잡고 떠들고 웃어 댔다. 갑자기 아랫배가 싸하게 아파 왔다. 배가 꼬인 듯 통증이 점점 심해졌다. 배 속의 창자가 꼬이면 꼬일수록 창밖으로 함박웃음을 짓는 한승규의 표정이 점점 더 환해졌다. 그리고 그 시선 끝자락에 함께 웃고 있는 규리의 얼굴이 걸렸다.

"그냥 함께 웃는 거야, 아무것도 아니라고."

아픈 배를 손으로 살살 문지르며 주문을 외듯 중얼거렸다. 할아버지를 부축하던 규리가 휘청거리자, 눈 깜짝할 사이에 한승규가 규리를 붙잡았다. 규리의 팔을 꼭 잡은 한승규의 손······. 한승규는 한참 동안 규리를 잡고서 놓지 않았다. 나도 모르게 꽉 움켜쥔 주먹 탓에 손바닥에 손톱자국이 톱날처럼 새겨졌다. 아팠다.

'뭐가 이렇게 많아? 누가 이 콩을 다 먹는다고!'

순간 콩이 가득한 바구니를 뒤집고 싶었으나 나는 차오르는 화를 누르며 흐르는 물에 콩 바구니를 힘차게 흔들었다. 콩 껍질이 물에 흘러 하수구로 빨려 나갔.

전생에 나는 수라간 무수리였나? 국자를 쥔 손에 힘이 잔뜩 들어갔다. 밥이라도 한승규랑 같이 먹을 줄 알았는데 배식이 끝난 다음에 점심을 먹으란다. 그 말을 들을 때 나는 영양사 아줌마를 힘껏 노려봤다. 그런데 내 눈은 생긴 모양새가 화가 나도 웃는 것처럼 보이는 게 문제다. 눈썹이고 눈꼬리고 곡선으로 휘어져 있어서 눈에 힘을 줘 봐야 소용없었다.

"이서율, 힘들지? 그래도 더운데 너라도 실내에서 일하니 다행이다. 그치, 최규리?"

한승규의 말을 듣고 울컥했다. 하도 규리랑 얼굴을 맞대고 웃기에 잠깐 '혹시 쟤가?' 하고 의심했다. 의심은 불안증을 낳고 불안증은 마음을 병들게 하고 나 스스로를 지치게 만든다. 같이 봉사 활동을 한다고 좋아했던 게 무색할 만큼 사랑 요양 병원에서 같이 한 일이 무엇인가 생각해 보면 아무것도 없었다. 내 머릿속에 남은 건 산책로를 나란히 걷는 한승규와 규리의 웃는 얼굴이 눈부셨다는 것뿐이었다.

"이서율 학생처럼 의젓하고 착한 학생은 처음이네."

학원 때문에 먼저 간다는 한승규의 톡을 물끄러미 보고 있는 내게 봉사 온 어른들이 칭찬을 아끼지 않았다. 내 기분은 그야말로 완전히 똥이었다. 머리가 어지러웠다. 얼굴도, 마음도, 엉망으로 찌그러지기 시작했다. 사방팔방에서 지독한 냄새가 나를 꽁꽁 싸매는 기분이었다.

"서율아, 너 한승규랑 중 2 때부터 친했었어?"

반나절 봉사 활동을 함께 했다고 규리는 한승규에게 관심이 부쩍 많아진 것 같았다. 다른 때였다면 규리의 말이 반가웠을지도 모른다. 내 단짝이 내가 좋아하는 애에 대해 궁금해하는 것은 내 사랑을 응원하는 사람이 있다는 것이니까. 하지만 나는 내가 몰랐던 낯선 규리를 보는 것 같아서 당혹스러웠다.

"너, 그거 아니? 승규, 규 자가 내 규 자랑 한자가 똑같아. 헤아릴 규 자를 쓴대. 놀랍지?"

나는 묵묵히 바닥만 보고 걸었다.

'그렇게 떠들지 말고 내 마음을 헤아릴 생각이나 하시지.'

한승규와 웃으며 시간을 보냈을 규리가 점점 미워지려고 했다. 나는 가방에 넣어 온 달고나를 이제야 꺼냈다. 주인에게 가지 못한 달고나가 진득하게 녹아 비닐 포장에 눌어붙어 있었다. 나는 툭, 달고나를 반으로 잘랐다. 아주 잠깐 규리에게 나눠 주지 말까 생각하기도 했다. 달고나를 받아 입안에 넣은 규리가 우물거리며 물었다.

"서율아, 너 한승규한테 관심 없어? 그냥 절친인 거야?"

"그게 왜 궁금해? 딱 보면 알잖아."

내 역습에 규리는 당황했는지 눈을 깜짝거렸다. 이 순간만큼 나는 거짓말쟁이였다. 나 자신도 한승규의 마음을 모르는데 규리한테 딱 보면 알지 않냐고 우격다짐하다니!

"달고나 맛 어때, 규리야?"

침을 꼴깍 삼키는 규리를 빤히 바라보았다. 목으로 침을 꿀꺽 삼키는 모습이, 마치 무언가 비밀을 몰래 삼키는 것처럼 느껴졌다. 반들거리는 규리의 입술이 천천히 열렸다. 그리고 내 귓가에 또렷하게 박히는 한마디.

"서율아, 네 달고나 정말 달고 맛있어."

나는 내 손에 있는 달고나 반쪽을 입에 넣고 우적우적 씹었다. 횡단보도 앞에서 나는 빨간 신호등을 뚫어져라 노려보았다. 내 달고나는 결코 달고 맛있지 않았다. 기분 나쁠 정도의 달콤함 끝에 쓴맛이 입안 가득 차지했다.

할아버지가 똥을 쌌다. 냄새가 지독했다. 이런 법이 없었는데 할아버지가 실수를 했나 보다. 거실 창이며 부엌 창까지 집 안의 창문들이 활짝 열려 있었다.
"서율아, 화장실로 가서 청소 좀 해."
엄마는 내가 집에 들어서자마자 말했다. 주말에만 옷 가게 아르바이트를 하는 엄마는 연신 벽시계를 보았다. 아무래도 아르바이트 시간에 늦은 모양이다.
"봉사하고 오느라 힘들어 죽겠는데 나한테 꼭 그래야겠어?"
타이밍이 거지 같았다. 나는 속상한 마음을 참지 못하고 괜한 엄마한테 성질을 부렸다. 엄마는 할아버지 눈치를 슬쩍 보더니 나를 향해 이를 드러냈다.
"조용히 하고 얼른 화장실로 가."
엄마는 할아버지 손을 잡고 새 옷을 갈아입으시라고 설득했다. 하지만 할아버지는 먼 산을 보며 딴소리다. 아빠랑 소풍을 가고 싶다는 거였다.
"아줌마, 우리 이태한한테 전화 좀 해 주세요. 빨리 집에 와서 나랑 놀러 가자고."

하긴 할아버지는 우리 집에 온 이후 제대로 된 외출을 한 적이 없었다. 중절모를 만지작거리는 손놀림이 점점 빨라지더니 급기야 할아버지는 울먹였다.

"아휴, 미치겠네. 이 남자는 왜 또 전화를 안 받아?"

엄마는 휴대폰을 붙들고 초조한 기색이었다. 주말이고 공휴일도 없이 일하는 자동차 딜러인 아빠가 엄마 전화를 받았던 적이 몇 번이나 될까.

"엄마, 걱정 말고 알바 가. 내가 다 알아서 할게."

평소라면 네가 뭘 알아서 하냐고 면박했을 텐데 급하긴 급했나 보다. 엄마가 소파에 던져 놨던 가방을 움켜쥐더니 부탁한다며 뒤도 안 돌아보고 나갔다.

나는 작은방 문지방에 서서 할아버지를 바라보았다. 주홍빛 노을이 주름 사이사이에 파고들었다. 쓸쓸하단 생각이 들었다. 나는 한승규 때문에 나조차도 알 수 없는 수많은 감정을 쌓아 가는데 할아버지는 수십 년 동안 차곡차곡 쌓아 놓은 기억들을 잃고 있었다.

"할아버지, 마음도 쓸쓸한데 우리 마트나 갈래요?"

할아버지는 대답이 없었다. 중절모 끝자락을 만지작거릴 뿐.

"소풍 가요. 달이 만들어 줄게요."

나는 돈이 없다고 중얼거리는 할아버지의 머리에 중절모를 슬그머니 얹었다. 매번 달고나를 얻어먹고도 돈 낼 생각조차 안 했으면서 새삼스레 별소릴 다 한다. 나는 그저 어깨를 으쓱해 보이며 할아버지에게 빨리 가자며 손짓했다.

　베이킹 소다를 집어 들었다. 마트의 설탕 코너를 몇 번이나 서성거렸다. 설탕도 다 떨어진 것 같아서 설탕을 고르는데 기왕이면 건강을 생각해서 황설탕을 골랐다. 엄마가 봤다면 달고나 자체가 건강과 거리가 먼데 무슨 쓸데없는 짓이냐고 했을 것이다. 건강과 다이어트에 좋다는 자일로스 설탕에 눈이 갔지만 나는 질끈 눈을 감았다.
　"할아버지, 우리 아이스크림 하나씩 먹을까?"
　돈 없다고 할 줄 알았는데 대답 대신 할아버지가 냉장고 앞으로 갔다. 여러 종류의 아이스크림 앞에서 할아버지는 잠깐 당황한 눈치였다. 나는 그런 할아버지가 작은 소년처럼 느껴졌다. 소년이었을 때의 할아버지도 첫사랑을 했겠지? 나는 팥 아이스크림 하나를 골라 들었다.
　"내가 쏘는 거야, 할아버지. 이거 이태한 씨가 제일 좋아하는 맛."
　이태한 씨가 좋아한다는 말에 할아버지 눈매가 부드러운 곡선을 그렸다. 할아버지는 군말 없이 팥 아이스크림을 받아 들었다. 우리는 아이스크림을 입에 물고 공원을 가로지르는 산책로를 택했다. 걸음을 옮길 때마다 다리에 스치는 비닐봉지 소리가 듣기 좋았다.
　"할아버지, 내가 만든 보름달이 어때? 할아버지는 돈도 안 내고 먹으면서 평가 한 번 안 하더라?"

"언니 나 돈 없어요."

"그러니까 돈 대신 내 달고나 실력이 어떻냐고? 냉정하게 말해 봐요."

"언니 달이는……."

내 눈치를 보더니 할아버지가 입을 달싹거렸다. 아이스크림이 녹아 할아버지 구두코에 뚝뚝 떨어졌다.

"제대로 말 안 하면 앞으로 달이 안 만들어 줄 거야. 할아버지, 그래도 좋아요?"

"음, 언니. 언니 달이는 아주 단데…… 써…… 써요."

'엥? 달달한데 써? 그건 도대체 어느 나라 맛이야?'

누군가에게 묻고 싶었다. 달달한데 쓴맛이라니! 어처구니없어서 헛웃음이 나왔다.

"할아버지, 아주 달달한데 쓴맛은 없……."

내가 알지 못한다고 해서 무조건 단정 짓는 행동만큼이나 바보 같은 일이 또 있을까. 그리고 난 이미, 봉사 활동 날에 그 맛을 알아 버렸다.

한승규리.

반 아이들이 칠판에 두 사람의 이름을 하나로 묶어 장난칠 때만 해도 나는 재미있다고 웃을 수 있었다. 그런데 지금은 아니다. 이 세상에 달달하고 쓴맛은, 존재한다.

"이서율!"

　　한승규였다. 사거리 코너를 돌아가려는데 한승규가 잠깐 이야기할 수 있냐고 제법 심각한 얼굴로 물었다. 할아버지는 내 곁에 찰싹 달라붙었다. 우리 할아버지란 말에 한승규가 예의 바르게 인사를 드렸다. 우리는 근처 편의점으로 향했다. 할아버지는 옆 테이블에 앉혀 두고 내 시야에서 벗어나지 않을 딱, 그만큼의 거리에서 나는 한승규와 이야기를 나눴다.

"하고 싶다는 말이 뭔데?"

순간, 규리가 했던 말이 떠올랐다. 자신의 규와 승규의 규 자가 똑같다는 말.

"나 좀 밀어주라, 서율아."

"뭐…… 뭘?"

"나, 최규리한테 관심 있어. 규리, 네 친구잖아. 네가 말 좀 잘 해 줘, 응?"

한승규가 나를 보고 웃었다. 멋쩍은 웃음이었다. 내 두 눈을 힘껏 찌르고 싶었다. 하지만 나는 내 눈의 고통마저 이기지 못하는 나약한 인간이었다. 한승규가 진심을 담아 고백하고 있었다. 내가 한승규를 하루이틀 알고 지냈나. 나를 향해 웃는 저 얼굴…… 저 미소는 그동안 나에게 보여 줬던 미소랑 질적으로 달랐다. 완벽하게 나는 이 애의 첫사랑이 될 수 없음을 드러내는 미소였다.

'아, 그렇게 웃지 말란 말이야!'

아무리 악을 써 본들 가슴 안에서 맴도는 나의 바람은 한승규의 귀에 닿지 못한다.

"첫사랑이야."

최규리가 자신의 첫사랑이라고 똑똑히 밝히는 한승규를 보며 화나고 실망하고 속상하고 슬프고 그러다가 아무렇지 않은 척 내 마음을 위장하는 허세를 부리고 싶었다. 내가 만약 스무 살이었다면, 서른이었다면, 내 첫사랑이 실패로 돌아갔어도 의연할 수 있을까.

"이서율, 응? 도와주라. 부탁한다."

나는 묵묵히 발길을 돌렸다. 아직 한참이나 남은 아이스크림은 쓰레기통에 던져 버렸다. 그런 나를 보더니 할아버지도 한 입이면 다 먹을 양의 아이스크림을 쓰레기통에 밀어 넣었다. 집으로 빨리 가야 하는데 발길이 떨어지지 않았다. 한승규는 제 할 말을 하고 사라진 지 한참이나 되었는데, 나만 제자리다.

"할아버지…… 나는 내가 너무 싫어."

밑도 끝도 없는 말이었다. 그런데 가만 있다간 눈물이 날 것 같았다. 마음속에서 나도 통제하지 못할, 이름조차 달아 주지 못할 감정들이 소용돌이쳤다.

"왜요, 언니?"

"태어나서 처음 좋아한 애한테 사랑받지 못하는 내가…… 나는 좋아하는 마음을 걔한테 아직 보여 주지도 못했는데……. 정말 내가 싫어."

"나쁜 말이에요."

나는 두 눈을 부릅떴다. 그리고 내 사랑이 실패라는 것을 똑바로 보기로 결심했다. 그래야 포기가 빠를 테니까. 눈물이 나올까 봐 겁이 났다. 얼굴이 일그러질 정도로 눈에 힘을 줬다. 미간이 종잇조각처럼 구겨졌다. 그래봤자 또 눈이 스마일로 안 처지면 다행이지.

"아프면 울어도 돼요. 이태한이, 우리 아들이 아프면 참지 말고 울어도 된대요."

다른 사람은 몰라도 할아버지 앞에서는 절대로 울지 않을 거다. 당신 나이도 헷갈려 하는 사람 앞에서 울다니, 왠지 양심도 없는 애처럼 느껴졌다.

할아버지가 내 손을 잡아끌었다. 아이스크림이 녹은 탓에 손이 끈적거렸다. 집으로 돌아가는 길은 후텁지근했다. 몸은 점점 늘어지고 보폭은 점점 짧아졌다.

한승규리는 되는데 한승규와 나, 이서율 사이는 어떻게 해도 이어질 수 없는 것이다. 좋아해 달라고 떼를 쓴 것도 아니고 그냥 내가 좋아하는 동안, 내가 아닌 그 누구도 좋아하지 않는 상태로 있으면 안 되는 것일까? 너무 이기적인 욕심 탓에 나는 벌을 받고 있는 건가?

횡단보도만 건너면 우리 아파트 단지다. 할아버지가 내 앞을 가로막았다. 천진난만한 얼굴로 환하게 웃고 있었다. 내 가슴엔 커다란 구멍이 뚫려 버렸는데 할아버지는 이토록 시원하게 웃고 있다니! 얄미워지려고 한다. 나에게 부탁한다던 한승규의 웃는 모습이 떠올라 더욱 속상했다. 내 마음 따위는 이해받지 못하고 외면당했다고 생각하니, 심장이 조각나는 기분이었다.

"할아버지, 그만 웃어. 안 그러면 달이 안 만들어 줄 거야."

신호가 바뀌고 나는 성큼 도로를 향해 발을 뻗었다. 신호를 무시하고 횡단보도를 쌩하니 지나쳐 가는 자동차에 놀랄 법도 한데 내 심장은 더한 충격을 받은 터라 꿈쩍도 않는다.

할아버지가 내 눈치를 보며 슬금슬금 따라왔다. 내 뒤를 졸졸 따라왔는데 어느새 은근슬쩍 내 옆에 나란히 걷는다. 일부러 부동산 옆 지름길을 놔두고 문구점을 에둘러 가는 길을 택했다. 달콤한 냄새가 풍겼다. 달고나 아저씨가 나와 있었다. 초등학생으로 보이는 아이들 서너 명이 쪼그리고 앉아 달고나 만드는 과정을 구경하고 있었다.

'그래, 맞아. 이서율, 넌 단것 별로 좋아하지 않았잖아.'

사랑에 빠진 동안 나는 나를 잊고 있었다. 난 단것보다는 언제나 짭조름한 것을 입에 넣었다. 과자도 초콜릿을 바른 것보다 짭조름한 치즈 맛이나 감자칩이 좋았다. 그렇게 짠맛을 선호하더니 눈물 짤 일만 생긴 것인가? 내가 짭짤한 것을 좋아한다는 건 내 인생의 암시였나? 조만간 내가 돕지 않아도 한승규는 제 스스로 규리에게 좋아한다고 고백할 것이다. 숨을 못 쉬겠다.

달고나 아저씨가 문구점 앞에 나타났을 때, 한승규가 달고나 마니아라는 정보를 입수했을 때, 나는 저 달고나 향기가 세상 그 어떤 냄새보다 좋았다. 그리고 한승규가 좋아하는 것을 내 손으로 직접 만들어 주고 싶었다. 그 마음은 곱고 예뻤다고 믿는다. 지금도 그 마음만은 가짜가 아니었다고, 그 마음만은 함부로 생각하지 않기로 다짐했다.

세수를 하고 옷을 갈아입고 부엌으로 가기 전에 작은방으로 향했다. 할아버지는 또 창문에 딱 붙어서 하늘을 올려다보고 있었다. 아빠를 기다리는 시간이었다.

"할아버지, 달이 만들 거야."

할아버지가 천천히 나를 돌아봤다. 나는 '이번이 마지막이야.'라는 말은 하지 않았다. 할아버지는 잠옷 차림에 중절모를 쓰고 내 뒤를 따라 방에서 나왔다.

식탁 앞에 허리를 꼿꼿이 세우고 앉은 할아버지는 전처럼 콧노래를 흥얼거리지 않았다. 국자를 손에 들고 나도 더 이상 할아버지 콧노래 소리에 맞춰 설탕을 나무젓가락으로 휘젓지 않았다. 그저 묵묵히 습관적으로 나무젓가락을 움직였다. 문제의 베이킹 소다 양을 줄이기 위해 아주 조심스럽게 젓가락 끝에 콕 찍었을 뿐이었다. 국자 안에서 달고나 덩어리가 서서히 제 빛깔을 드러낼 즈음, 아주 오래전 익숙하게 들렸던 목소리가 내 마음을 쓸어 주었다.

"너는 좋은 애야."

치매를 앓기 전, 할아버지 목소리 같았다. 그래서 나는 국자를 휘젓던 손을 멈추고 할아버지를 흘끔 쳐다봤다.

"아뇨. 나는 내가 세상에서 제일 미워. 싫어."

"그러지 마요. 너는 좋은 애야."

"왜? 한승규는 딴 애가 좋다는데?"

내 가슴속에 단단히 동여맨 비밀을 툭, 할아버지 앞에 털어놓고 말았다. 할아버지는 한승규가 누군지도 모르면서 내 말에 또박또박 대답해 주었다.

"넌 밥 아줌마 딸이니까, 좋은 애야. 아주 좋은 애."

그래, 나는 좋은 애로 살기로 했다. 첫사랑이 실패로 끝났다고 인생이 끝난 건 아니니까. 열심히 잘 살다 보면 다음 사랑도 다가오지 않을까?

타지 않게 국자 안을 젓가락으로 휘저었다. 이제 베이킹 소다 양을 잘 조절하면 끝이다. 사랑의 마음과 슬픔과 원망과 질투도 함께 휘휘 저었다. 잘 섞여서 달콤해지라고. 마지막이니 이제는 제대로 된 맛을 내는 법을 알려 줘도 괜찮지 않냐고. 제법 괜찮은 냄새가 풍겼다. 다 된 달고나 덩어리를 쟁반 위에 탁, 떨구었다. 지금까지는 성공이었다. 그 여느 때보다 연한 베이지색 덩어리가 먹음직스러웠다. 할아버지가 내 곁에 서서 달고나가 만들어지는 국자를 들여다본다.

"언니는 이름이 뭐예요?"

이제 나는 할아버지의 언니 소리에도 짜증을 내지 않게 되었다.

"내 이름은 이서율."

"이서율, 참 예쁜 이름이네."

예쁜 것이 당연했다. 할아버지가 지어 준 이름이니까. 나는 할아버지에게 모양 틀을 고르게 했다. 매번 별 모양을 고르던 할아버지에게 안 된다고 억지로 하트 모양의 틀만 선택하게 했던 내 모습이 떠올랐다. 나는 별 모양 틀을 손에 집어 들었다. 그러자 할아버지가 고개를 가로저었다.

"저거요. 사랑 모양."

하트가 제대로 찍혔다. 달고나 덩어리에 너무 깊지도 얕지도 않게.

나는 완성한 달고나를 나무젓가락에 꽂아 할아버지 손에 건넸다. 반말로 대화한다지만 할아버지는 할아버지다. 찬물에도 위아래가 있지. 달고나도 할아버지가 먼저다. 할아버지가 달고나를 수줍게 받아들었다. 돈 없어도 괜찮다는 눈짓을 했다. 할아버지는 달고나를 한 입 빨아 먹더니 나를 보고 속삭였다. 주름진 입술이 달달한 빛으로 물들었다.

우리는 달고나를 함께 깨물었다. 나는 울었고 할아버지는 웃었다. 기묘한 일이었다. 첫사랑을 잃은 내가 우는 것은 당연했다. 그러나 더한 것을, 모든 기억을 깡그리 잊어버린 할아버지가 저토록 환하게 웃는 것은 반칙이었다. 크게 잃었다면 더 크게 울어야 맞는 것이 아닐까?

"내 이름은 이관웅이에요. 우리 아들은 이태한."

시계가 오후 4시를 가리키고 있었다. 다음에 달고나를 만들 때면 내가 아는 이관웅 할아버지에 대해 이야기해 줘야겠다. 이관웅 할아버지가 다섯 살 때 나를 얼마나 많이 업어 줬는지, 연 날리는 방법을 어떻게 가르쳐 줬는지, 그리고 첫사랑에 실패한 내 마음을 어떻게 위로해 줬는지를 말이다.

2

껍질을 벗다

프란시스코 히메네스

어떻게 읽을까?

① 주인공이 새로운 환경에서 적응하려고 노력하는 과정 속에 일어난 사건들을 살펴보세요.
② 애벌레가 나비가 되는 과정이 주인공의 성장과 어떻게 연결되는지 생각해 보세요.

"수업 시간에 딴짓했다고 30센티미터나 되는 자로 손목을 맞았어. 그건 절대 못 잊지."

로베르토 형에게 처음 학교에 들어간 해에 어땠냐고 물었더니 형은 그때를 떠올리면 약간 화가 난다는 투로 대꾸했다.

"근데 나더러 어쩌라고? 선생님이 영어로만 가르치는데."

형의 이야기에 나는 내가 맞기라도 한 것처럼 손목을 쓱쓱 문지르며 또 물었다.

"그래서 그럴 때 어떻게 했어, 형?"

"선생님이 나한테 원하는 게 뭔지 항상 눈치로 알아내려고 했지. 그리고 선생님이 다시 자를 들이대지 않으면 아, 내가 생각한 게 맞았구나 했고."

형은 또 생각난 듯 말했다.

"뭔가를 영어로 말하려고 더듬거리거나 그러다가 틀리면, 날 보고 마구 놀려 대는 애들도 있었지."

그리고 한숨을 쉬며 덧붙였다.

"그 1학년 수업을 내가 또 들어야 하다니."

사실 할 수만 있다면 나도 형한테 묻고 싶지 않았지만, 엄마와 아빠를 포함해 가족 중에 학교를 다닌 사람은 형밖에 없어서 어쩔 수가 없었다. 형의 이야기를 들으니 점점 겁이 났다. 나 역시 영어로 말할 줄 모르고, 들어도 무슨 소리인지 모르기는 똑같아서 점점 불안해졌다. 하지만 한편으로는 무척 설레기도 했다.

그때는 1월 말이었고, 우리 가족은 일주일 전에 목화솜을 따던 코코란에서 산타마리아로 돌아온 참이었다. 산타마리아 시내 동쪽으로 16킬로미터 정도 떨어진 곳에 시헤이 딸기 농장이 있었는데, 거기 딸린 노동자촌이 그 당시 우리가 사는 곳이었다.

드디어 처음으로 학교 가는 날이 다가왔다. 형과 나는 평소보다 일찍 일어났다. 나는 엄마가 굿윌 상점에서 사 준 플란넬 체크무늬 셔츠와 멜빵 바지를 입었다. 사실 난 그 바지가 싫었다. 멜빵이 달려 있는 게 좀 부끄러웠다. 옷을 다 입고 마지막으로 모자를 쓰려고 하는데 형이 실내에서 모자를 쓰는 건 예의에 어긋난다며 경고를 했다. 그 말을 듣고 혹시라도 교실에서 깜박하고 모자를 벗지 않는 실수를 하면 어쩌지 싶어서 집에 모자를 두고 갈까 고민했다. 하지만 결국은 그냥 쓰고 가기로 했다. 아빠도 매일 일터에 나갈 때 모자를 쓰니까. 그리고 왠지 모자 없이 학교에 가면 뭔가 덜 갖춰 입은 느낌이 들 것만 같았다.

스쿨버스를 타러 길을 나서며 형과 나는 엄마에게 인사를 했다. 아빠는 이미 당근 잎을 따거나 상추를 솎는 등의 일자리를 구하러 나가고 없었다. 엄마는 트람피타를 돌볼 사람이 없는 데다, 또 다른 아기가 배 속에서 자라고 있었기 때문에 쉬어야 해서 집에 남았다.

스쿨버스가 도착하자 우리는 버스에 올라타 나란히 앉았다. 나는 창가 자리에 앉아서 길가를 따라 끊임없이 심어진 상추와 꽃양배추를 내려다보았다. 2차선 도로를 따라 이어진 이 밭고랑들은 마치 우리를 쫓아 달려오는 거인의 다리처럼 보였다. 스쿨버스는 아이들을 태우기 위해 여러 번 멈추었고 그때마다 버스 안은 조금씩 소란스러워졌다. 어떤 아이들은 아주 목청껏 소리를 질러대기도 했다. 나는 아이들이 무슨 말을 하는지 알아듣지 못했다. 그래서 점점 머리가 아파 왔다. 형은 아예 두 눈을 감은 채 인상을 찌푸리고 있었다. 나는 형을 귀찮게 하지 않으려고 가만히 있었다. 형도 머리가 아팠을 테니까.

학교에 도착했을 땐 스쿨버스 안이 가득 차 있었다. 운전사 아저씨가 붉은색 벽돌로 지은 건물 앞에 버스를 세우고는 문을 열었다. 아이들이 우르르 쏟아지듯 내렸다. 지난해에 학교를 먼저 다녀 본 형은 나를 데리고 교장실로 앞장서 갔다. 그곳에는 키가 크고, 붉은 머리칼에 짙은 눈썹, 손등에 털이 수북하게 난 심스 교장 선생님이 있었다. 형이 알고 있는 몇 안 되는 영어 단어로 동생을 1학년으로 입학시키고 싶다고 말하는 내내 심스 교장 선생님은 형의 말을 차분하게 들어 주었다.

이윽고 심스 교장 선생님은 손수 나를 이끌고 내가 공부할 교실로 안내했다. 교실을 보자마자 너무 기분이 좋고 설레었다. 우리 가족이 사는 천막과는 딴판이었다. 바닥은 나무였고 전기가 들어와 환하고 따뜻해서 무척 안락했다.

심스 교장 선생님은 스칼라피노 선생님에게 나를 소개했다. 스칼라피노 선생님은 빙그레 미소를 지으며 내 이름을 되뇌어 불렀다.

"프란시스코, 프란시스코."

그 두 사람의 대화에서 내가 이해할 수 있는 유일한 단어는 내 이름뿐이었다. 그들은 나를 쳐다볼 때마다 계속 내 이름을 불렀다. 이윽고 심스 교장 선생님이 자리를 뜨자 스칼라피노 선생님은 내가 쓸 책상을 가리키며 알려 주었는데, 창가 맨 뒷줄에 있는 자리였다. 교실에 아직 다른 아이들이 들어오지 않아 나 혼자였다.

나는 내 자리에 앉아 나무 책상 위에 손을 올려 쓰다듬어 보았다. 온통 긁힌 자국이 가득하고 잉크 자국으로 거무죽죽했다. 책상 덮개를 열어 보니 그 안에는 책 한 권과 크레용 상자, 노란 자, 두꺼운 연필, 가위가 들어 있었다. 책상 바로 왼쪽에는 창문 아래로 나무 선반이 있었는데, 교실 길이만큼 길고 짙은 색이었다.

그 나무 선반 위에 놓인 커다란 유리병 안에 애벌레가 들어 있는 게 눈에 들어왔다. 언젠가 농장에서 그와 똑같이 생긴 걸 본 적이 있다는 게 떠올랐다. 애벌레는 연두색 바탕에 검은색 줄무늬가 있었고 소리 없이 아주 느리게 움직이고 있었다. 유리병 안으로 손가락을 집어넣어 애벌레를 막 건드리려는 찰나, 수업 종이 울렸다. 교실 문밖에서 일렬로 서서 기다리던 아이들이 조용히 교실로 들어와 각자 자리에 앉았다. 몇몇 아이들이 나를 쳐다보며 키득거렸다. 당황스럽고 긴장이 되어서 애벌레가 있는 유리병을 향해 휙 눈길을 돌렸다. 그 뒤로 누가 날 볼 때마다 계속 그랬다.

수업이 시작되었다. 나는 무슨 말인지 하나도 알아들을 수 없었다. 스칼라피노 선생님의 설명이 길어지면 길어질수록 나는 점점 더 불안해졌다. 마침내 그날 수업이 끝났을 때는 완전히 녹초

가 되고 말 지경이었다. 그도 그럴 것이 무슨 뜻인지 전혀 이해할 수 없는 말을 종일 들어야 했다. 학교에 오기 전만 해도 열심히 집중하고 애쓰면 이해할 수 있을 거라 생각했는데, 막상 해 보니까 전혀 아니었다. 머리만 아팠다. 그날 밤 자려고 누웠을 땐 선생님의 목소리가 머릿속에서 둥둥 울리기까지 했다.

몇 날 며칠을 그렇게 애쓰다, 머리 아프다, 반복하다가 어느 날 문득 좋은 방법이 떠올랐다. 머리가 아파 오면 얼른 다른 생각을 하는 것이다. 이따금 교실 밖으로 날아올라 아빠가 일하는 농장으로 가서 그 앞에 내려앉아 아빠를 깜짝 놀라게 만드는 상상을 했다. 하지만 그렇게 몽상에 잠겨 있는 순간에도 항상 선생님을 쳐다보고 열심히 수업을 듣고 있는 척을 했다. 왜냐하면 아빠가 다른 사람이 말할 때 집중해서 듣지 않는 것은 예의에 어긋나는 일이며, 특히 어른이 하는 말을 들을 때는 더욱 나쁜 행동이라고 했기 때문이다.

스칼라피노 선생님이 그림책을 읽어 줄 때는 그래도 수업을 듣기가 좀 나았다. 앞에 보이는 그림을 가지고 나 혼자 속으로 이야기를 만들 수 있었기 때문이다. 물론, 스페인어로.

선생님은 모든 학생에게 잘 보이도록 그림책을 잡은 두 손을 머리 위로 번쩍 들고는 교실 안을 이리저리 걸으며 책을 읽었다. 책 안의 그림은 거의 동물이었다. 그렇게라도 그림책을 볼 수 있어서 좋았고 스스로 이야기를 만들어 낼 수도 있었지만, 그래도 사실은 선생님이 읽어 주는 이야기를 이해하고 싶은 마음이 간절

했다.

얼마 지나지 않아 우리 반 아이들 가운데 몇 명의 이름을 알게 되었다. 가장 먼저 알게 된 이름은 '커티스'였는데 그 이유는 그 이름을 제일 많이 들어서였다. 커티스는 우리 반에서 키가 가장 컸고 힘도 제일 셌으며 인기도 최고로 많았다. 모든 아이가 커티스와 함께 놀고 싶어 했다. 아이들이 이쪽저쪽 편을 짜서 놀 때면 항상 커티스가 먼저 주장으로 꼽혔다. 반대로 나는 키도 제일 작고 영어도 알아듣지 못해서 항상 꼴찌로 아이들이 끼워 주었다.

스페인어를 조금 할 줄 아는 애들 중에 아서라는 남자애가 있었는데, 나는 그 애랑 노는 게 제일 좋았다. 우리는 쉬는 시간이면 그네를 타며 멕시코 영화배우인 호르헤 네그레테와 페드로 인판테의 흉내를 내면서 놀았다. 영화 속에서 그들은 말을 타며 멕시코 민요인 '코리도'를 불렀는데 우리도 라디오에서 자주 들은 노래였다. 하늘 높이 올라가도록 그네를 힘껏 타고 또 타면서 나는 아서에게 코리도를 불러 주었다.

그러나 스칼라피노 선생님은 내가 아서에게 스페인어로 말하는 걸 들으면 "안 돼!" 하고 소스라쳤다. 그럴 땐 마치 1초에 100번은 되는 듯 좌우로 고개를 부르르 떨었고, 동시에 비오는 날 자동차 와이퍼처럼 검지를 세워 빠르게 흔들었다.

"영어로, 영어로 말해!"

선생님은 연거푸 강조했다. 그러자 아서는 선생님이 주변에 있을 때면 나를 피하기 시작했다.

그 후로 쉬는 시간에 나는 혼자 유리병 옆에서 애벌레를 보고 있을 때가 많았다. 간혹 애벌레가 푸른 잎과 줄기 사이에 숨어 버려 어디 있는지 찾기 어렵기도 했지만. 매일매일 나는 학교 운동장에 자라는 후추 나무와 사이프러스의 이파리를 따다 애벌레에게 가져다주었다.

그러던 어느 날, 애벌레 바로 앞 책장에서 나비와 애벌레에 관한 사진이 가득한 책을 발견했다. 한 장, 한 장 책장을 넘기며 사진들을 자세히 관찰하고, 손가락으로 애벌레의 통통한 몸과 나비의 화사한 날개, 그리고 이 녀석들의 몸에 있는 수많은 무늬를 살살 만져 보았다. 애벌레가 나비로 바뀐다는 걸 형이 전에 말해 준 적이 있어 알고는 있었지만, 그래도 조금 더 자세히 알고 싶었다. 각각의 사진 아래 커다란 고딕체 글씨로 적힌 영어 글자들은 애벌레와 나비에 대한 설명인 게 분명했다. 나는 사진들을 뚫어지게 보며 그 글자들이 무슨 의미일까 생각했다. 두 눈을 꼭 감았다가 뜨며 글자들을 쳐다보기를 아주 여러 번 반복했지만 결국 아무것도 알아내지 못했다.

학교에서 내가 제일 좋아하는 수업은 미술이었다. 스칼라피노 선생님은 매일 오후 미술 시간에 책을 읽었다. 그러면 반 아이들은 그 내용에 따라 그림을 그렸다. 다만 나는 여전히 선생님이 하는 영어를 알아듣지 못하는 탓에, 뭐든 내가 그리고 싶은 것을 그려도 된다는 허락을 받았다. 나는 모든 종류의 동물을 그렸지만 그중에서도 새와 나비를 가장 많이 그렸다. 그림을 그릴 땐 먼저 연필로 스케치를 한 다음, 크레용 상자에 든 모든 색을 빠짐없이 사용해 색칠을 했다. 스칼라피노 선생님은 내가 그린 그림 가운데 하나를 골라 아이들이 볼 수 있도록 교실 게시판에 압정으로 꽂아 전시해 두었다. 그런데 보름 뒤에 그 그림이 사라져 버렸다. 내 그림이 어디로 갔는지 알고 싶었지만 영어를 몰라 물어보지 못했다.

  날씨가 쌀쌀한 어느 목요일 아침이었다. 쉬는 시간에 운동장에 있었는데 외투를 입고 있지 않은 아이는 나뿐이었다. 그때 아마도 심스 교장 선생님이 추위에 떠는 나를 본 모양이다. 왜냐면 바로 그날, 모든 수업이 끝난 후, 심스 교장 선생님이 나를 교장실로 데려가더니 옷과 인형이 가득한 큼직한 종이 박스 안에서 초록색 외투를 꺼내 주었기 때문이다. 교장 선생님은 외투를 건네며 입어 보라는 손짓을 했다. 옷에서 통밀 비스킷 냄새가 났다. 입어 보니 너무 커서 심스 교장 선생님은 내 몸에 맞게 5센티미터 정도 소매를 접어 주었다. 곧장 외투를 입고 집으로 돌아와 엄마와 아빠에게 내 모습을 보여 주었다. 날 보며 엄마와 아빠가 흐뭇하게 웃었다. 나는 그 외투가 초록색인 데다 내가 싫어하는 멜빵을 안 보이게 가려 줘서 너무 좋았다.

  다음 날 금요일 아침, 그렇게 새로 생긴 외투를 입고 운동장에서 수업 시작을 알리는 종소리를 기다리고 있을 때였다. 갑자기 저 멀리서 커티스가 잔뜩 화가 난 황소처럼 나를 향해 달려오는 게 보였다. 커티스는 그대로 나에게 머리를 들이밀며, 양팔을 뻗어 내 등을 꽉 쥐고는, 발길질을 하면서 마구 소리를 질렀다. 도대체 왜 그러는지 영문을 모르겠지만 아무래도 내가 입고 있던 외투 때문인 것 같았다. 커티스가 내가 입은 외투를 움켜쥐더니 벗기려고 했기 때문이다.

눈 깜짝할 새에 우리는 땅바닥을 뒹굴며 레슬링을 하고 있었다. 아이들이 몰려와 우리 주위를 빙글 에워싸기 시작했다. 내 귀에 아이들이 커티스의 이름을 외치며 응원하는 소리가 들렸다. 아무도 내 이름은 외치지 않았다. 내가 이길 수 없는 싸움이란 걸 알았지만 그래도 나는 외투를 빼앗기지 않으려고 있는 힘을 다해 붙잡았다. 커티스가 소매 한쪽을 세게 잡아당기는 바람에 어깻죽지가 와드득 뜯어졌다. 이어서 오른쪽 주머니도 찢겨 나갔다. 바로 그때, 땅바닥에서 뒹구는 우리 머리 위로 스칼라피노 선생님의 얼굴이 나타났다. 선생님은 나를 짓누르고 있던 커티스를 잡아서 떼어 낸 후 내 옷깃을 추스르며 일으켜 세워 주었다. 나는 간신히 울음을 참고 있었다.

교실로 들어오는 길에 아서는 커티스가 잡아 뜯은 그 초록색 외투가 올해 초 커티스가 잃어버렸던 것이라고 알려 주었다. 그리고 선생님이 커티스와 나 모두 벌을 받아야 한다는 말을 했다고 전해 주었다. 우리는 일주일 내내 쉬는 시간마다 의자를 머리 위까지 번쩍 든 채 무릎을 꿇고 앉아 있어야 하는 벌을 받았다. 초록색 외투는 그날 이후 본 적이 없다. 커티스가 가져갔지만 한 번도 입는 걸 보진 못했다.

싸움이 있던 그날 오후, 나는 너무나 창피해서 스칼라피노 선생님을 쳐다볼 수조차 없었다. 그래서 줄곧 책상 위에 엎드린 채 눈을 감고 아침에 일어난 사건을 곱씹어 보았다. 차라리 그대로 잠들었다가 깨어나면 모든 게 꿈이기를 간절히 바랐다. 선생님이 내 이름을 부르는 소리가 들렸지만 대답하지 않고 그대로 엎드려 있었다. 그러자 선생님이 가까이 다가오는 발소리가 들렸다. 순간 어떻게 해야 할지 몰랐다. 곁에 다가온 선생님이 내 어깨에 손을 얹더니 부드럽게 흔들었다. 여전히 나는 어떻게 해야 할지 몰랐다. 선생님은 내가 움직이지 않자 잠들었다고 생각했는지 조용히 나가 버렸다. 그렇게 나는 쉬는 시간에 홀로 교실에 남겨졌다.

교실 안이 조용해지자 나는 고개를 들고 살며시 눈을 떴다. 창문을 통해 들어온 햇빛에 눈이 부셨다. 그래서 도로 눈을 감아 버렸다. 잠시 째깍째깍 시간이 흐르고 나는 왼쪽 창가로 고개를 돌리며 실눈을 떴다. 여전히 눈이 부셔 손등으로 눈을 비벼야 했다. 언제나처럼 그곳 나무 선반 위에 있는 애벌레를 찾아보았다. 그런데 유리병 안에 있어야 할 애벌레가 보이지 않았다. 어딘가 숨어 있겠지 하고, 손을 뻗어 유리병 안으로 손을 집어넣고 이파리들을 가볍게 흔들어 보았다. 순간 깜짝 놀랄 만한 광경이 눈에 들어왔다. 애벌레가 작은 가지에 대롱대롱 매달린 채, 실을 토해 내며 고치를 만들고 있었던 것이다. 아주 자그마하고, 실뭉치 같은 게, 형이 전에 이야기한 대로였다. 나는 검지로 톡톡 조심스레 고치를 쓰다듬으며 애벌레가 평화롭게 잠드는 모습을 그림으로 그렸다.

그날 모든 수업이 끝나자 스칼라피노 선생님은 편지를 주며 집에 가서 부모님께 전해 드리라고 했다. 엄마와 아빠는 영어를 읽을 줄 몰랐지만, 사실 읽을 필요도 없었다. 부르튼 내 입술과 왼쪽 뺨에 난 상처를 보는 순간 편지를 읽지 않아도 거기 쓰인 글이 무슨 내용일지 알 수 있었으니까. 그날 학교에서 일어난 일을 엄마 아빠에게 이야기했더니 아주 속상해하면서도 내가 불만을 품고 바로 선생님께 대들지 않아 안심하는 듯했다.

그 일이 있고 나서 며칠 동안은 학교에 가는 일도, 스칼라피노 선생님과 눈이 마주치는 일도 전보다 힘들게 느껴졌다. 하지만 시간이 지나자 그날 금요일 아침에 벌어진 사건은 기억 속에서 점점 희미해졌다. 나는 다시 학교생활에 익숙해졌고 새로운 영어 단어도 몇 개 더 알게 되면서 교실에서의 생활도 전보다 조금 더 편해졌다.

그날은 5월 23일 화요일이었다. 며칠만 있으면 학기가 끝나고 방학이었다. 스칼라피노 선생님은 교실에 들어오자마자 내게 깜짝 놀랄 소식이 있다고 했다. 그러더니 바로 교실 안의 아이들을 모두 자리에 앉게 한 뒤에 출석을 부르고는 "다들 주목." 하고 외쳤다. 그 후 선생님이 한 말들을 나는 이해하지 못했지만 단 하나, 파란 리본을 들고 내 이름을 말하는 건 알아들을 수 있었.

말을 마친 선생님은 얼마 전 교실에서 사라졌던, 내가 그린 나비 그림을 꺼내 모두가 볼 수 있도록 높이 들어 올렸다. 그리고 내 자리로 성큼성큼 걸어와 그 그림과 함께 파란 리본을 내게 내밀었다. 리본에는 금박으로 'l'이라는 숫자가 크게 적혀 있었다. 내가 그린 나비 그림이 대회에서 최우수상을 받은 것이었다. 너무나도 벅차올라서 하마터면 소리를 지를 뻔했다. 반 아이들은 파란 리본을 보려고 모두 목을 길게 빼고 내 책상 위를 쳐다보았다. 커티스도 마찬가지였다.

그날 오후 쉬는 시간, 나는 여느 때처럼 애벌레가 잘 있나 살폈다. 나뭇잎 사이의 고치를 찾기 위해 유리병을 빙글 돌리던, 바로 그때였다. 고치가 막 벌어지고 있었다.

"여기 좀 봐, 여기!"

나는 흥분해서 마구 소리쳤다. 곧 아이들이 벌떼처럼 나무 선반 주위로 몰려들었다. 그 광경을 지켜보던 스칼라피노 선생님은 아이들이 모두 볼 수 있도록 유리병을 들어 교실 한가운데 있는 책상 위에 올려놓았다. 그 후 몇 분 동안 우리는 모두 숨죽인 채 서서 나비가 벌어진 고치 밖으로 아주 천천히, 그 모습을 드러내는 걸 지켜보았다.

그날 수업의 끝을 알리는 마지막 종이 울리기 직전, 스칼라피노 선생님은 유리병을 들고는 교실 밖 운동장으로 반 아이들을 이끌고 갔다. 선생님이 유리병을 땅바닥에 내려놓자, 우리는 모두 선생님 곁을 뺑 둘러섰다. 반 아이들이 그렇게 하나가 된 모습은 처음이었다. 스칼라피노 선생님은 나를 부르더니 유리병 뚜껑을 열어 보라고 손짓을 했다. 나는 아이들 사이를 비집고 나가,

땅바닥에 무릎을 꿇고 앉고선, 조심스레 병뚜껑을 열었다. 그러자 마치 마법처럼, 나비가 두 날개를 위로 아래로 날갯짓하면서 공중으로 날아올랐다.

이윽고 수업이 끝나고 운동장 앞에서 스쿨버스를 타기 위해 줄을 서서 기다리고 있을 때였다. 나는 오른손에는 파란 리본을, 왼손에는 그림을 들고 있었다. 잠시 뒤 아서와 커티스가 다가와 내 뒤로 줄을 섰다. 그 아이들도 스쿨버스를 기다려야 했다. 그런데 별안간 커티스가 그림을 다시 보여 줄 수 있냐는 몸짓을 했다. 나는 커티스의 눈앞에다 그림을 펼쳐 보였다.

"커티스가 네 그림이 정말 좋대, 프란시스코."

아서가 스페인어로 내게 전해 주었다.

"너한테 준다는 말을 영어로 뭐라고 해야 해?"

나는 아서에게 물었다.

"잇츠 유얼스."

아서가 알려 주었다.

"잇츠 유얼스!"

나는 그 말을 그대로 따라 하며 커티스에게 그림을 내밀었다.

3

노새 두 마리

최일남

어떻게 읽을까?

① 아버지의 모습을 어린 주인공의 시각에서 어떻게 다루고 있는지 주의 깊게 살펴보세요.
② 구동네와 새동네라는 대조적인 공간의 의미가 무엇인지 생각해 보세요.
③ 아버지의 삶에 대한 무게와 책임감을 노새의 의미와 연결지어 읽어 보세요.

그 골목은 몹시도 가팔랐다. 아버지는 그 골목에 들어서기만 하면 미리 저만치 앞에서부터 마차를 세게 몰아가지고는 그 힘으로 하여 단숨에 올라가곤 했다. 그러나 이 작전이 매번 성공하는 것은 아니고, 더러는 마차가 언덕의 중간쯤에서 더 올라가지를 못하고 주춤거릴 때도 있었다. 그러면 아버지는 이마에 심줄을 잔뜩 돋우며, "이랴 이랴!" 하면서 노새*의 잔등을 손에 휘감고 있는 긴 고삐로 세 번 네 번 후려쳤다. 노새는 그럴 때마다 뒷다리를 바득바득 바둥거리며 안간힘을 쓰는 듯했으나 그쯤 되면 마차가 슬슬 아래쪽으로 미끄러 내리기는 할망정 조금씩이라도 올라가는 일은 드물었다.

물론 마차에 연탄을 많이 실었을 때와 적게 실었을 때에도 차이는 있었다. 적게 실었을 때는 그깟 것 달랑달랑 단숨에 오르기도 했지만, 그런 때는 드물고 대개는 짐을 가득가득 싣고 다녔다. 가득 실으면 대충 500장에서 600장까지 실었는데 아버지는 그래야만 다소 신명이 나지 200장이나 300장 같은 것은 처음부터 성이 안 차는 눈치였으며, 100장쯤은 누가 부탁도 안 할뿐더러 아

---

* 노새: 암말과 수나귀 사이에서 난 잡종

버지도 아예 실으려고 하지도 않았다.

　우리 동네는 변두리였으므로 얼마 전까지도 모두 그날그날 벌어먹고 사는 사람들이 많아 연탄 배달도 일거리가 그리 많지 않았다. 기껏해야 구멍가게에서 두서너 장을 사서는 새끼줄에 대롱대롱 매달고 가는 게 고작이었다. 그랬는데 2, 3년 전부터 아직도 많은 빈터에 집터가 다져지고, 하나둘 문화주택*이 들어서더니 이제는 제법 그럴듯한 동네 꼴이 잡혀 갔다. 원래부터 있던 허름한 집들과 새로 생긴 집들과는 골목 하나를 경계로 하여 금을 긋듯 나누어져 있었는데, 먼 데서 보면 제법 그럴싸한 동네로 보였다. 일단 들어와 보면 지저분한 헌 동네가 이웃에 널려 있지만, 그냥 먼발치로만 보면 2층 슬라브 집들에 가려 닥지닥지 붙은 판잣집 등속**이 보이지 않았으므로 서울의 변두리에 흔한 여느 신흥 부락으로만 보였다.

　동네가 이렇게 바뀌자 그것을 가장 좋아한 사람 중의 하나가 아버지였다. 아까 말한 대로 그전에는 동네 사람들이 연탄을 두서너 장, 많아야 2, 30장씩만 사 가는 터여서 아버지의 일거리가 적고, 따라서 이곳에서 2, 3킬로나 떨어진 딴 동네까지 배달을 가야 했는데 동네에 새 집이 들어서면서부터는 그렇게 먼 걸음을 하지 않아도 되었기 때문이다. 그런 집에서 연탄을 한번 들여놓

---

* 문화주택: 국가 정책에 따라 1950년대 후반부터 등장한 새로운 형태의 주택. 생활 문화를 향상시켰다고 하여 '문화주택'이라 불림.
** 등속: 나열한 사물과 같은 종류의 것들을 몰아서 이르는 말

았다 하면 몇 달씩 때니까 자주 주문을 하지 않아서 아버지의 일감이 이 동네에서 끝나는 것만은 아니고, 여전히 타동네까지 노새 마차를 몰기는 했지만 그전보다는 자주 먼 곳까지 가지 않아도 된 것만은 사실이었다.

 새동네(우리는 우리가 그전부터 살던 동네를 구동네, 문화주택들이 차지하고 들어선 동네를 새동네라 불렀다)가 생기면서 좋아한 것은 비단 아버지만은 아니었다. 구동네에 두 곳 있던 구멍가게 주인들도 은근히 무언가를 기대하는 눈치였다. 그전까지는 가게의 물건들이 뽀얗게 먼지를 쓰고 있었고, 두 홉*짜리 소주병만 육실하게 많았는데 그 병들 사이에 차츰 환타니 미린다니 하는 음료수 병들이며 퍼머스트 아이스크림**도 섞이고, 할머니의 주름살처럼 주름이 좍좍 간 말라비틀어진 사과 사이에 귤 상자도 끼이게 되었다. 그전에는 볼 수 없었던 우유 배달부가 아침마다 골목을 드나들고, 갖가지 신문 배달부가 조석으로 골목 안을 누비고 다녔다. 전에는 얼씬도 않던 슈샤인 보이***가 새벽이면, "구두 딲으……." 하면서 외치고 다녔다. 전에는 저 아래 큰 한길가 근처에 차를 대 놓고, 올 테면 오고 말 테면 말라는 식으로 버티던 청소부들이 골목 안까지 차를 들이대고 쓰레기를 퍼 갔다.

---

* 홉: 부피의 단위. 곡식, 가루, 액체 따위의 부피를 잴 때 쓴다. 한 홉은 약 180밀리리터에 해당한다.
** 퍼머스트 아이스크림: 우리나라 최초의 떠 먹는 아이스크림 제품 이름
*** 슈샤인 보이(shoeshine boy): '구두닦이'를 뜻하는 말

그러나 동네의 모습이 이처럼 달라지기는 했어도 구동네와 새동네 사람들이 서로 어울리는 일이 없었다. 너는 너, 나는 나 하는 식으로 새동네 사람들은 문을 꼭꼭 걸어 잠그고 누가 다가오는 것을 거절하고 있었다. 다만 그들이 들어옴으로 해서 구동네 사람들의 사는 모습이 조금 달라지기는 했는데 아무도 그걸 입에 올리지는 않았다. 아버지도 배달 일이 늘어나서 속으로는 새동네가 생긴 것을 은근히 싫어하지는 않는 눈치였지만, 식구들 앞에서조차 맞대 놓고 그런 내색을 하지는 않았다. 그런 가운데에서도 우리 노새는 온 동네 사람들의 눈길을 모으고 짤랑짤랑 이 골목 저 골목을 헤집고 다녔다. 아니 그것은 새동네 쪽에서 더욱 그랬다. 원래의 우리 동네에서야 아무도 거들떠보지 않았다. 자기들은 아이들의 싯누런 똥이 든 요강 따위를 예사롭게 수챗구멍 같은 데 버리면서도, 어쩌다 우리 노새가 짐을 부리는* 골목 한쪽에서 오줌을 찍 갈기면, "왜 하필이면 여기서 싸. 어이구, 저 지린내, 말을 부리려면 오줌통이라도 갖고 다닐 일이지 이게 뭐야. 동네가 뭐 공동변소인가." 어쩌고 하면서 아낙네들은 코를 찡 풀어 노새 앞에다 팽개쳤다. 말과 노새의 구별도 잘 못하는 주제에, 아무 데서나 가래침을 퉤퉤 뱉는 주제에 우리 노새를 보고 눈을 찢어지게 흘겼다. 그러나 새동네에서는 단연 달랐다. 여간해서 말을 잘 않는 아주머니들도 우리 노새를 보면 입가에 미소를 머금었

* 부리다: 사람의 등에 지거나 자동차나 배 따위에 실었던 것을 내려놓다.

다. 개중에는 "아이, 귀여워. 오랜만에 보는 노샌데." 하기도 하고, "어머, 지금도 노새가 있었네." 하기도 하고, "아니, 이게 노새 아니에요? 아주 이쁘게 생겼네." 하기도 하고, "오머 오머, 이게 망아지는 아니고……. 네? 노새라구요? 아, 노새가 이렇게 생겼구나아." 하면서 모가지에 매달린 방울을 한 번 만져 보려다가 노새가 고개를 젓는 바람에 찔끔 놀라기도 했다. 비단 연탄 배달을 간 집에서만이 아니라 이 근처의 길을 가던 사람들도, 우리 노새를 힐끗 쳐다본 순간 분명히 다소 놀라는 기색으로 다시 한 번 거들떠보곤 했다. 대야를 옆에 끼고 볼이 빨갛게 익은 채 목욕 갔다 오던 아주머니도 부드러운 눈길로 노새를 바라보고, 다정하게 나들이를 가려고 막 대문을 나서던 내외분도 우리 노새가 짤랑짤랑 지나가면 '고것…….' 하는 표정으로 한동안 지켜보고, 파 한 단 사가지고 잰걸음으로 쫄쫄거리고 가던 식모 아가씨도 잠시 발을 멈추고 노새를 바라보았다.

　무엇보다도 우리 노새를 보고 좋아하는 것은 새동네 아이들이었다. 노새만 지나가면 지금까지 하던 공차기나 배드민턴을 멈추고 한동안 노새를 따라왔다. "야, 노새다." 한 아이가 외치면 다른 아이들도 덩달아 외쳤다. "그래 그래, 노새다." "야, 이게 노새구나." "그래 인마, 넌 몰랐니?" "듣기는 했는데 보기는 처음이야." "야, 귀 한번 대빵 크다." "힘도 세니?" "그럼, 저것 봐, 저렇게 연탄을 많이 싣고 가지 않니." 아이들이 이러면 나는 나의 시커먼 몰골도 생각하지 않고 어깨가 으쓱해졌다. 아버지도 그런

심정일까. 이런 때는 그럴 만한 대목도 아닌데 괜히 "이랴 이랏!" 하면서 고삐를 잡아끌었다. 나는 사실 새동네 아이들을 그리 좋아하지 않았다. 걔네들은 집 안에서 무얼 하는지 도무지 밖에 나오는 일도 드물었는데, 나온다 해도 저희네끼리만 어울리지 우리 구동네 아이들을 붙여 주지 않았다. 처음부터 우리가 걔네들더러 끼워 달라고 한 일은 없으니까 붙여 주고 안 붙여 주고 할 것은 없었는데, 보면 알지 돌아가는 꼴이 그런 처지가 못 되었다. 우리 구동네 아이들이야 학교 가는 시간을 빼고는 내내 밖에서만 노는데, 놀아도 여간 시망스럽게* 놀지 않았다. 걸핏하면 싸움질이요 걸핏하면 욕질이었다. 말썽은 어찌 그리도 잘 부리는지 아이들 싸움이 커진 어른 싸움도 끊일 날이 없었다. 그러자니 구동네 아이들은 자연히 새동네 골목에까지 진출했다. 같은 골목이라도 새동네는 조금 널찍한데다가 사람들의 왕래도 그리 잦지 않아서 놀기에 좋았다. 그렇다고 새동네 아이들이 텃세를 부리지도 않았다. 그들은 저희끼리 놀다가도 우리들이 내려가면 하나둘씩 슬며시 자기네 집으로 들어갔다. 그런 아이들이었으므로 나는 평소에 데면데면하게 대했는데, 이들이 우리 노새를 보고 놀라거나 칭찬할 때만은 어쩐지 그들이 좋았다. 거기 비해서 우리 동네 아이들은 노새만 보면 엉덩이를 툭 치거나, 꼬챙이 같은 걸로 자지를 건드리고 머리를 쓰다듬는 척하면서 콧잔등을 한 대씩 쥐어박고 하

* 시망스럽다: 몹시 짓궂은 데가 있다.

기가 일쑤였다. 평소에 말수가 적고 화내는 일이 드문 아버지도 이런 때는 눈에 불을 켜고 개구쟁이들을 내몰았다. "이 때갈* 놈의 새끼들, 노새가 밥 달라든, 옷 달라든? 왜 지랄들이야!"

　우리 집에 노새가 들어온 것은 2년 전이었다. 그전까지는 말을 부렸는데 누군가가 노새와 바꾸지 않겠느냐고 제의해 왔다. 싫으면 웃돈을 조금 얹어 주고라도 바꾸어 주겠다는 것이었다. 한 3년 가까이 그 말을 부려 온 아버지는 막상 놓기가 싫은 모양이었으나 그 말이 눈이 자주 짓무르고, 뒷다리 복사뼈 근처에 늘 상처가 가시지 않는 등 잔병치레가 잦은 터라, 두 번째 말을 걸어왔을 때 그러자고 응낙해 버렸다. 할머니와 어머니, 그리고 큰형은 그래도 말이 낫지 그까짓 노새가 무슨 힘을 쓰겠느냐고, 바꾸지 말자고 했으나 노새를 한 번 보고 온 아버지는 어떻게 생각했는지 그 길로 노새와 말을 맞바꾸었다. 아닌 게 아니라 노새는 힘이 하나도 없어 보였다. 보기에도 비리비리한 게 약하디약하게만 보였다. 할머니나 어머니, 그리고 큰형은 그것 보라고, 이게 어떻게 그 무거운 연탄 짐을 나르겠느냐고 빈정댔는데 그래도 아버지는 가타부타** 말이 없이 노새를 우리로 끌고 가 우선 솔질부터 시작했다. 말이 우리이지 그것은 방과 바로 잇닿아 있는 처마를 조금 더 달아낸 곳에 있었다. 그래서 우리 집에는 항상 말 오줌 냄새, 똥 냄새가 가실 날이 없었다. 그뿐 아니라 그 우리의 바로 옆방이

* 때가다: 죄지은 사람이 잡혀가는 것을 속되게 이르는 말
** 가타부타: 어떤 일에 대하여 옳다느니 그르다느니 함.

노새 두 마리　67

내가 할머니나 큰형과 함께 자는 방이었으므로 나는 잠결에도 노새가 앉았다 일어나는 소리, 히힝거리는 소리, 방귀 소리까지 들을 수 있었다. 어쨌거나 이 노새가 들어오면서 그 뒤치다꺼리는 주로 내가 맡게 되었다. 큰형도 더러 돌봐 주기는 했으나 큰형마저 군에 들어가고 난 뒤부터는 나에게 전적으로 그 일이 맡겨졌다. 고등학교를 나온 작은형이 있기는 해도 그는 아버지나 어머니의 성화에 아랑곳없이, 늘상 밖으로 싸다니기만 하고 집에 있을 때도 기타를 들고 골방에 처박히기가 일쑤였다. 가엾게도 노새는 원래는 회색빛이었는데도 우리 집에 온 뒤로는 차츰 연탄때가 묻어 검정빛으로 변해 갔다. 엉덩이께는 물론 갈기도 까맣게 연탄 가루가 앉아 있었다. 내가 깜냥*으로는 지성스럽게 털어 주고 닦아 주고 하는데도, 연탄 때는 속살까지 틀어박히는지 닦아 줄 때만 조금 희끗하다가 한바탕 배달을 갔다 오면 도로 그 모양이었다. 하지만 노새도 내 그런 정성을 짐작은 하는지, 멍청히 서 있다가도 내가 가까이 가면 고개를 위아래로 흔들어 알은체를 했다. 그랬는데 그 노새가 오늘은 우리 집에 없다.

 노새가 갑자기 달아난 건 어저께 일이었다. 아버지는 연탄을 실은 뒤 노새의 고삐를 잡고 나는 그냥 뒤따르고 있었다. 내가 뒤따르는 것은 아버지에게 큰 도움이 못 되고 하릴없이 따라다니기만 할 뿐이었다. 야트막한 언덕길을 오를 때 마차의 뒤를 밀기

* 깜냥: 스스로 일을 헤아림. 또는 헤아릴 수 있는 능력

도 했으나 그것은 그대로 시늉일 뿐, 내 어린 힘으로 어떻게 된다든가 하는 일은 없었다. 아버지는 이따금 따라다니지 말고 집에 가서 공부나 하라고 했지만, 내가 공부 다 했어요, 하면 그 이상 더 말리지는 않았다. 그러나 탄을 싣거나 부릴 때 내가 거들려고 나서면 아버지는 한사코 그걸 말렸다. 아버지가 그랬으므로 나는 그러면 더 좋지 하는 홀가분한 마음으로 망아지 모양 마차 뒤만 졸졸 따라다녔다. 바로 어저께도 그랬다. 새동네의 두 집에서 200장씩 갖다 달라고 해서, 아버지는 연탄 400장을 싣고 새동네로 들어가는 그 가파른 골목길을 들어서고 있었다. 얘기의 앞뒤가 조금 뒤바뀌었지만, 우리 아버지는 연탄 가게의 주인이 아니고 큰길가에 있는 연탄 공장에서 배달 일만 맡고 있다. 그러므로 연탄 공장의 배달 주임이 어느 동네 어느 집에 몇 장을 날라다 주라고 하면, 그만한 양의 탄을 실어다 주고 거기 따르는 구전*만 받으면 그만이었다. 그런데 한 가지 자랑스러운 일은 아버지는 아무리 찾기 힘든 집이라도 척척 알아낸다는 것이다. 연탄 공장 사람들의 설명이 미처 끝나기도 전에 알 만하오, 한마디면 그만이었다. 열이면 열 거의 틀리는 일이 없었다. 오죽하면 공장 사람들도 "마차 영감은 집 찾는 데 귀신이니깐." 하면서 혀를 내두를까. 그들도 아버지에게 실려 보내면 마음이 놓인다는 것이었다. 어저께도 아버지는 이러이러한 댁에 갖다주라는 말을 듣자, 두 번 다시 물어보지

* 구전: 어떤 일을 소개해 주거나 흥정을 붙여 주고 그 보수로 받는 돈

않고 짐을 싣고 나선 것이다.

　그 가파른 골목길 어귀에 이르자 아버지는 미리서 노새 고삐를 낚아 잡고 한달음에 올라갈 채비를 하였다. 그러나 어쩐 일인지 다른 때 같으면 400장 정도 싣고는 힘 안 들이고 올라설 수 있는 고개인데도 이날따라 오름길 중턱에서 턱 걸리고 말았다. 아버지는 어, 하는 눈치더니 고삐를 거머쥐고 힘껏 당겼다. 이마에 힘줄이 굵게 돋았다. 얼굴이 빨개졌다. 나는 얼른 달라붙어 죽어라고 밀었다. 그러나 길바닥에는 살얼음이 한 겹 살짝 깔려 있어서 마차를 미는 내 발도 줄줄 미끄러져 나가기만 했다. 노새는 앞뒷발을 딱딱 소리를 낼 만큼 힘껏 땅을 밀어냈으나 마차는 그때마다 살얼음 위에 노새의 발자국만 하얗게 긁힐 뿐 조금도 올라가지 않았다. 아직은 아래쪽으로 밀려 내리지 않고 제자리에 버티고 선 것만도 다행이었다. 사람들이 몇 명 지나갔으나 모두 쳐다보기만 할 뿐 아무도 달라붙지는 않았다. 그전에도 그랬다. 사람들은 얼핏 도와주고 싶은 생각이 났다가도, 상대가 연탄 마차인 것을 알고는 감히 손을 내밀지 못했다. 도대체 어디다 손을 댄단 말인가. 제대로 하자면 손만 아니라 배도 착 붙이고 밀어야 할 판인데 그랬다간 옷을 모두 망치지 않겠는가, 옷을 망치면서까지 친절을 베풀 사람은 이 세상엔 없다고 나는 믿어 오고 있다. 그건 그렇고, 그런 시간에도 마차는 자꾸 밀려 내려오고 있었다. 돌을 괴려고 주변을 살펴보았으나 그만한 돌이 얼른 눈에 띄지 않을 뿐

더러, 그나마 나까지 손을 놓으면 와르르 밀려 내려올 것 같아서 손을 뗄 수가 없었다. 아버지는 평소의 그답지 않게 사정없이 노새에게 매질을 해댔다.

"이랴, 우라질 놈의 노새, 이럇!"

노새는 눈을 뒤집어 까다시피 하면서 바득바득 악을 써댔으나 판은 이미 그른 판이었다. 그때였다. 노새가 발에서 잠깐 힘을 빼는가 싶더니 마차가 아래쪽으로 와르르 흘러내렸다. 뒤미처* 노

* 뒤미처: 그 뒤에 곧 잇따라

새가 고꾸라지고 연탄 더미가 대그르르 무너졌다. 아버지는 밀려 내려가는 마차를 따라 몇 발짝 뒷걸음질을 치다가 홀랑 물구나무 서는 꼴로 나자빠졌다. 나는 얼른 한옆으로 비켜섰기 때문에 아무 일도 없었다. 그러나 정작 일은 그 다음에 벌어지고 말았다. 허우적거리며 마차에 질질 끌려가던 노새가 마차가 내박질러진 자리에서 벌떡 일어서더니 뒤도 안 돌아보고 냅다 뛰기 시작한 것이다. 정확히 말하면 벌떡 일어섰다가 순간적으로 아버지와 내가 있는 쪽을 힐끔 쳐다보고는 이내 뛰어 버린 것이다. 마차가 넘어지면서 무엇이 부러져 몸이 자유롭게 된 모양이었다.

"어 어, 내 노새."

아버지는 넘어진 채 그 경황에도 뛰어가는 노새를 쳐다보더니 얼굴이 새하얘졌다. 그러나 그런 망설임도 그때뿐 아버지는 힘들게 일어서자 딴사람이 되어 빠른 걸음으로 노새를 뒤쫓았다.

"내 노새, 내 노새."

아버지는 크게 소리지르는 것도 아니고 그렇다고 입안엣소리도 아닌, 엉거주춤한 소리로 연방 뇌면서 노새가 달려간 곳으로 뛰어갔다. 나도 얼른 아버지의 뒤를 따랐다. 노새는 10미터쯤 앞에 뛰어가고 있었다. 뒤미처 앞쪽에서는 악악 하는 비명 소리가 들려왔다. 어깨에 스케이트 주머니를 메고 오던 아이들 둘이 기겁을 해서 길옆으로 비켜서고, 뒤따라오던 여학생 한 명이 엄마! 하면서 오던 길을 달려갔다. 손자를 업고 오던 할머니 한 분은 이런 이런! 하면서 어쩔 줄 몰라 하다가 그 자리에 폭삭 주저앉고 말았다. 막 옆 골목을 빠져나오던 택시가 찍— 브레이크를 걸더니 덜렁 한바탕 춤을 추고 멎었다. 금세 이집 저집에서 사람들이 쏟아져 나와서 골목은 어느 사이 수많은 사람들이 모여 웅성대기 시작했다.

"왜 그래, 왜 그래."

"무슨 일이야, 무슨 일이야."

"말이 도망갔다나 봐, 말이 도망갔다나 봐."

"무슨 말이, 무슨 말이."

"저기 뛰어가지 않아."

"얼라 얼라, 그렇군. 말이 뛰어가는군."

"별꼴이야, 말 마차가 지금도 있었군."

이런 웅성거림 속을 아버지는 두 주먹을 불끈 쥐고 뜀박질쳐 갔다.

"내 노새, 내 노새."

그때 나는 아버지보다 몇 발짝 앞서 있었다. 아버지의 헉헉 소리가 들려왔다. 하지만 노새는 우리보다 훨씬 빨랐다. 노새는 이미 큰길로 나가고 있었다. 드디어 아버지는 큰길로 나오자 덜컥 그 자리에 주저앉고 말았다. 노새는 이제 보이지 않았지만 나는 노새보다도 아버지의 일이 더 큰일일 것 같아서, 뛰던 것을 멈추고 아버지의 손을 잡고 끌어 일으키려고 했다. 한데 아버지는 쉽게 일어나지를 못했다. 아버지의 눈은 더할 수 없는 실망과 깊은 낭패로 가득 차, 나는 제대로 쳐다보지도 못하고 슬며시 고개를 돌리다가 이내 축 처지고 말았다. 얼굴 근육이 실룩거리는 것이 옆얼굴에도 보였다. 불현듯 슬픔이 복받쳐 내 눈도 씀벅거렸으나˙ 나는 그것을 억지로 참고, 계속해서 아버지의 팔목을 이끌었다.

"아버지, 여기서 이렇게 앉아 있으면 어떻게 해요. 노새를 찾아야지요."

지나가는 사람들이 우리 부자의 이런 모습을 구경거리나 되는 듯이 잠깐잠깐 쳐다보았다.

"그래."

아버지는 힘없이 일어났으나 나는 어디를 어떻게 가야 할지 그저 막막하기만 했다. 아버지도 그런 눈치인 듯 나를 한 번 덤덤히 쳐다보다가 아무 말 없이 앞장을 서기 시작했다. 두 사람 중 아무도 내박질러진 마차며 연탄 이야기를 꺼내지 않았다. 그 뒤처리도 큰일일 테니 말이다. 터덜터덜 걸어서 네거리까지 온 우리는 정작 그때부터 막막함을 느꼈다. 동서남북 어느 쪽으로 가야 할 것인가.

"아버지, 이렇게 하면 어때요. 둘이 같이 다닐 게 아니라 따로따로 헤어져서 찾아보도록 해요. 내가 이쪽 길로 갈 테니깐 아버지는 저쪽 길로 가세요. 네?"

아버지는 아무 말 없이 나와는 반대 방향으로 걸어갔다.

아버지와 헤어진 나는 사뭇 뛰었다. 사람들은 거리에 가득 넘

• 씀벅거리다: 눈꺼풀이 움직이며 눈이 자주 감겼다 떠졌다 하다. 또는 그렇게 되게 하다.

처 있었다. 크고 작은 자동차는 뿡빵거리면서 씽씽 달려가고 달려오고 하였다. 5층 건물 3층 건물이 즐비한 거리는 언제나처럼 분주했다. 아무도 나를 붙잡고 왜 뛰느냐고, 노새를 찾아 나선 길이냐고 묻지 않았다. 아무도 네가 찾는 노새가 방금 저쪽으로 뛰어갔다고 걱정 말라고 일러 주지 않았다. 나는 이 사람에게 툭 부딪치고, 저 사람에게 탁 부딪치면서 사뭇 뛰었다. 그러나 뛰면서도 둘레둘레 사방을 처다보는 것을 잊지 않았다. 벌써 거리는 조금씩 어두워지고 있었다. 이미 앞이마에 헤드라이트를 켠 자동차도 있었다. 나는 그런 자동차들이 막 뛰어다니는 노새로 보였다. 파랑 노새, 빨강 노새, 까만 노새들이 마구 뛰어다니는 것이 아닌가. 바람같이 달리는 놈, 슬슬 가는 놈, 엉금엉금 기는 놈, 갑자기 멈추는 놈, 막 가다가 홱 돌아서는 놈, 그것은 가지가지였다. 그런데도 그중에 우리 노새는 없었다. 두 귀가 쫑긋하고 눈이 멀뚱멀뚱 크고, 코가 예쁘고, 알맞게 살이 찐, 엉덩이에 까맣게 연탄 가루가 묻어 반질반질하고, 우리 사촌 이모 머리채처럼 꼬리를 길게 늘어뜨린 우리 노새는 안 보였다.

어디까지 왔는지도 몰랐다. 차츰 다리가 아프기 시작했다. 배도 고프기 시작했다. 그리고 보면 나는 오늘 점심도 설친 채였다. 아이들하고 한참 놀다가 집에서 점심을 몇 술 뜨는 둥 마는 둥 하다가 아버지의 일이 궁금하여 연탄 공장에 갔었는데 그때 마침 아버지가 짐을 싣고 나오는 것이었다. 그러나 나는 걸음을 멈출 수가 없었다. 노새를 찾아야 한다, 노새를 찾아야 한다는 마음이 내 걸음에 앞서, 몇 번 고꾸라지기도 하였다. 더러는 어떤 신사 아저씨의 옆구리에 넘어지듯 부닥치기도 하였는데, 그러면 그 아저씨는 "이 녀석아……." 어쩌고 하면서 못마땅하게 쳐다보고, 더러는 어떤 아주머니의 치마꼬리를 밟기도 하였는데, 그러면 그 아주머니는, "얘가 왜 이래, 눈을 어데 두고 다녀?" 하면서 호통을 치기도 하였다. 그럴 때마다 나는 '미안해요, 우리 노새를 찾느라고 그래요.' 하고 뇌까렸으나* 그것이 입 밖으로 말이 되어 나오지는 않았다. 입안이 메말라서 도무지 말을 하고 싶지도 않았다. 언뜻 내가 왜 이렇게 쏘다니고 있을까, 노새가 어디로 간지도 모르고 왜 이렇게 방황해야만 하는가 하는 생각이 없지도 않았으나 그런 마음에 앞서 내 눈은 부산하게 거리의 구석구석을 살피고 있었다. 그러고 보면 나는 그동안 우리 노새와 깊이 정이 들어 있는지도 몰랐다. 자다가도 바로 옆 마구간에서 노새가 투레질**하는 소리, 발을 들었다 놓았다 하는 소리를 들으면 왠지 마음이 놓였고, 길에서 놀다가도 저만치서 아버지에게 끌려오는 노새가 보이면 후딱 달려가 그 시커먼 엉덩이를 한 번 두들겨 주기도 했다. 그러면 저도 나를 알아보는지 그 큰 눈을 한 번 크게 치떴다가 내리곤 했다. 아이들은 그런 나를 더욱 놀려댔다. "비리비리 노새 새끼." "자지만 큰 노새." 그리고 나더러는 '까마귀 새끼'라고 말이다. 까마귀 새끼라는 것은 우리 아버지가 까맣게 연

* 뇌까리다: 아무렇게나 되는대로 마구 지껄이다.
** 투레질: 말이나 당나귀가 코로 숨을 급히 내쉬며 투루루 소리를 내는 일

탄재를 뒤집어쓰고 다닌대서 그 아들인 나를 가리키는 말이다. 사실 아버지는 노상 시커먼 몰골을 하고 다녔다. 옷은 물론 국방색* 신발도 어느새 깜장 구두가 되어 있었다. 손 얼굴 할 것 없이 온몸이 껌정투성이였다. 어쩌다가 헹 하고 코를 풀면 콧물조차도 까맸다. 그런 가운데에서도 눈 하나만은 퀭하니 크게 빛났다. 아이들은 그런 아버지를 보고 까마귀라고 불러댔으나 차마 대놓고 그러지는 못하고, 만만한 나만 보면 까마귀 새끼라고 놀려 댔다. 하지만 저희네들 아버지는 별것이었던가. 영길이네 아버지는 조그마한 기계와 연탄불을 피워 가지고 다니면서, 뻥 소리와 함께 생쌀을 납작하게 눌러 튀겨 내는 장사를 하고 있었고, 종달이네 형님은 번데기 장수였다. 순철이네 아버지는 시장 경비원이었고, 귀달네 아버지는 포장마차에서 장사를 하고 있었다. 그래서 우리는 영길이더러 '뻥', 종달이더러는 '뻔'이라는 별명을 붙여 주었으며, 순철이 귀달이도 모두 하나씩 별명을 가지고 있었다. 그러니까 내가 까마귀 새끼라는 별명을 가지고 있다는 것은 어떻게 보면 당연한 것이고 별로 억울할 것도 없었다.

  내가 집에 돌아온 것은 밤 열 시도 넘어서였으나 아버지는 그때까지 돌아오지 않고 있었다. 할머니와 어머니는 동네 사람들의 귀띔으로 미리 사건을 알고 있었던지, 내가 들어서자 얼른 뛰어 나오며 허겁지겁 물었다.

* 국방색: 육군의 군복 빛깔과 같은 카키색이나 어두운 녹갈색

"찾았니?"

"아버지는 어떻게 되셨어?"

내가 혼자 들어서는 걸 보면 찾지 못한 것을 번연히 알면서도 어머니는 다그쳐 물어댔다. 어머니는 나에게 밥을 줄 생각도 하지 않고 한숨만 내리 쉬고 올려 쉬곤 하였다.

아버지가 돌아온 것은 통행금지* 시간이 거의 되어서였다. 예

• 통행금지: 일정한 시간 동안 일반인이 거리를 지나다니거나 집 밖으로 활동하는 것을 못하게 하던 일

상한 일이지만 아버지는 빈 몸이었고 형편없이 힘이 빠져 있었다. 그때까지 식구들은 아무도 잠들지 않았다. 작은형도 일이 일인지라 기타도 치지 않고 죽은 듯이 방 안에만 처박혀 있었다. 아버지를 보고도 아무도 말을 하지 않았다. 다만 할머니만이 말을 걸었다.

"이제 오니?"

"네."

그뿐, 아버지는 더는 말이 없었다. 그리고는 어머니가 보아 온 밥상을 한옆으로 밀어 놓고는 쓰러지듯 방 한가운데 드러눕고 말았다. 아버지는 지금 내일부터 당장 벌이를 나갈 수 없는 아픔보다도 길들여 키워 온 노새가 가여워서 저러는지도 모를 일이었다. 아버지는 원래가 마부였다. 서울에 올라오기 전 시골에서도 줄곧 말 마차를 끌었다. 어쩌다가 소달구지를 끄는 적도 있기는 했으나 얼마 가지 않아서 도로 말 마차로 바꾸곤 했다. 그런 아버지였으므로 서울에 올라와서는 내내 말 마차 하나로 버텨 나왔었는데 어떻게 마음먹었는지 노새로 바꾸고 만 것이다. 노새나 말이나 요즘은 그놈의 삼륜차* 때문에 아버지의 일감이 자칫 줄어드는 듯하기도 했다. 웬만한 오르막길도 끄떡없이 오르고, 웬만한 골목 안 집까지도 드르륵 들이닥치니 아버지의 말 마차가 위협을 느낌직도 했고, 사실 일감을 빼앗기기도 했다. 그런데도 그

---

* 삼륜차: 바퀴가 세 개 달린 차. 바퀴가 앞에 한 개, 뒤에 두 개 달려 있는데 주로 짐을 실어 나른다.

때마다 아버지는 큰소리였다. "휘발유 한 방울 안 나오는 나라에서 자동차만 많으면 뭘 해." 마치 애국자처럼 말하는 것이었으나 나는 아버지의 그 말 뒤에 숨은 오기 같은 것을 느낄 수 있었다. 너무 고단해서였을까, 이날 밤 나는 앞뒤를 가릴 수 없을 만큼 깊이 잠에 빠졌던 것 같다.

골목에서 뛰쳐나온 노새는 큰길로 나오자 잠시 망설이다가 곧 길 복판으로 뛰어 들어갔다. 그러자 달려가고 달려오던 차들이 브레이크를 밟느라고 찍, 찍 소리를 냈으나 노새는 그걸 본체만체하고 달렸다. 어디서 뛰어나왔는지 교통순경이 호루라기를 불며 달려오다가 노새가 가까이 오자 혼비백산해서 도망갔다. 인도를 걸어가던 사람들이 일제히 발을 멈추고 노새의 가는 곳을 쳐다보곤 저마다 놀라고, 또는 재미있다는 표정을 지었다.

"허허, 저놈이 제 세상 만났군."

"고삐 풀린 말이라더니 저놈도 저렇게 한번 뛰어 보고 싶었을 거야."

"엄마, 저게 뭔데 저렇게 뛰어가? 말이지?"

"글쎄, 말보다는 작은데 노새 같다, 애."

사람들이 그러거나 말거나 노새는 뛰고 또 뛰었다. 연탄 짐을 매지 않은 몸은 훨훨 날 것 같았다. 가파른 길도 없었고 채찍질도 없었고 앞길을 막는 사람도 없었다. 신호등에 파란불이 켜진 때도 있었고 노란불이 켜진 때도 있었으며 빨간불이 켜진 때도 있었으나, 막무가내로 그냥 뛰기만 했다. 노새는 이윽고 횡단보도에 이르렀다. 마침 파란불이 켜져서 우우 하고 길을 건너던 사람들이, 앗, 엇, 외마디 소리를 지르며 풍비박산이 되었다. 보통이를 이고 가던 아주머니가 오메 소리를 지르며 퍽 그 자리에 넘어지자 머리 위에 있던 보퉁이가 데구루루 굴렀다. 다정히 손잡고 가던 모녀가 어머멋 소리를 지르며 제자리에 우뚝 섰다. 재잘거리며 가던 두 아가씨가 엄마! 소리를 지르며 한꺼번에 엉켜 넘어졌다. 자전거에 맥주 상자를 싣고 기우뚱기우뚱 건너가던 인부가 앞사람이 갑자기 뒷걸음질치는 바람에 자전거의 핸들을 놓쳐 중심을 잃은 술 상자가 우르르 넘어졌다. 밍크 목도리에 몸을 휘감고 가던 아주머니가 나 몰라! 하고 소리를 지르며 홱 돌아서다가 자기도 모르게 옆에 있는 낯모르는 아저씨 품에 안겼다. 땟국이 잘잘 흐르는 잠바 청년 하나가 이때 워! 워! 하면서 앞을 가로막았으나 노새가 앞다리를 번쩍 한 번 들자 어이쿠 소리를 지르면서 인도 쪽으로 도망갔다.

　노새는 그대로 달렸다. 뒤미처 순경이 쫓아오는 소리가 나고 앵앵거리며 백차*가 따라오고 있었다. 노새는 그러나 아랑곳하지 않았다. 노새는 어느덧 번화가에 들어서고 있었다. 여기는 아까의 횡단길보다도 더욱 사람이 많았다. 노새는 자꾸 자동차가 걸리는 것이 귀찮았던지 성큼 인도 쪽으로 방향을 꺾었다. 그러자

* 백차: 차체에 흰 칠을 한, 경찰이나 헌병의 순찰차

이번에는 더욱 요란스런 혼란이 벌어졌다. 사람들은 달랑달랑하는 노새의 목에 달린 방울 소리가 들릴 때는 호기심으로 그쪽을 쳐다보았다가도, 금세 인파가 우, 우, 이리 몰리고 저리 몰리고 하면서 눈앞에 노새가 뛰어오자 어쩔 바를 모르고 왝, 왝, 소리를 지르며 달아나기에 바빴다. 분홍색 하이힐짝이 나뒹굴고, 곱게 싼 상품 상자들이 이리저리 흩어졌다. 신사가 한옆으로 급히 비키다가 콘크리트 전봇대에 이마를 찧고, 군인이 앞사람의 뒤꿈치에 밟혀 기우뚱하다가 뒤에 오는 할아버지를 안고 넘어졌다. 뱃지를 단 여대생이 황망히 길 옆 제과점으로 도망치다가 안에서 나오던 청년과 마주쳐 나무토막 쓰러지듯 넘어지고, 아이스크림을 핥고 가던 꼬마 둘이 얼싸안고 넘어졌다.

　번화가 옆은 큰 시장이었다. 노새가 이번에는 그 시장 속으로 뚫고 들어갔다. 머리에 수건을 동이고 좌판 앞에 앉아 있던 아낙네들이 아이구 이걸 어쩌지, 하면서 벌떡 일어서는 것을 신호로, 시장 안에 벌집 쑤신 듯한 소동이 사방으로 번져 갔다. 콩나물 통이 엎어지고, 시금치가 흩어지고, 도라지가 짓이겨지고, 사과알이 데굴데굴 굴렀다. 미꾸라지 통이 엎어지고 시루떡이 흩어지고, 테토론* 옷감이 나풀거리고 제주 밀감이 사방으로 굴렀다. 갈치가 뛰고 동태가 날고, 낙지가 미끈둥미끈둥 길바닥을 메웠다. 연락을 받고 달려왔는지 시장 경비원 두세 명이 이놈의 노새, 이

* 테토론: 합성 섬유의 한 종류

놈의 노새, 하면서 앞뒤를 막았으나 워낙 젖 먹던 힘까지 다 내서 길길이 뛰는 노새를 붙들지는 못하고, 저 노새 잡아라, 저 노새, 하고 외치며 이리 뛰고 저리 뛰고 할 뿐이었다.

골목을 뛰쳐나온 지 한 시간이 지났을까, 노새는 시장 안에서 한바탕 북새*를 떨고는 다시 한길로 나왔다. 이 무렵에는 경찰에 비상이 걸렸는지 곳곳에 모자 끈을 턱에까지 내린 경찰관들이 지키고 서 있었다. 서울 장안이 온통 야단이 난 모양이었다. 군데군데 무전차**가 동원되어 자기네끼리 노새의 방향에 대해서 연락을 취하고 있었다. 그러나 노새는 미리 그것을 알고라도 있는 듯 용케도 경비가 허술한 길만을 찾아 잘도 달려갔다. 모가지는 물론, 갈기며 어깻죽지, 그리고 등허리에 땀이 비 오듯 해서 네 다리에 물이 주르르 흐르고 있었다. 검은 물이. 노새는 벌써 한강 다리를 건너고 있었다. 노새는 얼핏 좌우로 한강 물을 한 번 훑어보더니 여전히 뛰어가면서도 길게 심호흡을 하였다. 다리를 건너고 얼마를 가자 길이 넓어지고 앞이 툭 트였다. 고속도로였다. 노새는 돈도 안 내고 톨게이트***를 빠져나가더니 그때부터는 다소 속도를 늦추었다. 그러나 절대로 뛰는 일을 멈추지는 않았다.

여느 날보다 다소 늦게 일어난 나는 간밤의 꿈으로 하여 어쩐

· 북새: 많은 사람이 야단스럽게 부산을 떨며 법석이는 일
·· 무전차: 무전기가 설치되어 있는 자동차
··· 톨게이트: 고속도로나 유료 도로에서 통행료를 받는 곳

지 마음이 헛헛했다. 꿈 그대로라면 우리는 다시는 그 노새를 찾지 못할 것이 아닌가. 꿈대로라면 우리 노새는 고속도로를 따라 멀리멀리 달아나서 우리가 도저히 찾을 수 없는 곳, 상상도 할 수 없는 곳에 가서 있는 것이 아닐까. 우리를 버리고 간 노새, 그는 매일매일 그 무거운, 그 시커먼 연탄을 끄는 일이 지겹고 지겨워서 다시는 돌아오지 못할 자기의 보금자리를 찾아 영 떠나가 버렸는가. 아버지와 내가 집을 나선 것은 사람들이 아직 출근하기도 전인 이른 새벽이었다. 큰길로 나오자 두 사람은 막상 어느 쪽부터 뒤져야 할지 막연하기만 했다. 둘 중 아무도 말을 꺼내지는 않았으나 부자는 잠깐 주춤하다가 동네와는 딴 방향으로 걷기 시작했다. 새벽이라 그런지 사람은 그리 많지 않은데 날씨가 몹시도 찼다. 길은 단단히 얼어붙고 바람은 매웠다. 귀가 따갑게 아려 오는 듯하자 아랫도리로 냉기가 찰싹찰싹 달라붙었다.

"아버지, 시장으로 가 봐요."

나는 언뜻 간밤의 꿈이 생각났다.

"시장은 왜?"

"혹시 알아요, 노새가 뛰어가다가 시장기가 들어 시장 쪽으로 갔는지."

나는 말해 놓고도 좀 우스웠지만 아버지도 별 싱거운 녀석 다 보겠다는 듯이 시큰둥한 태도였다. 아버지는 키가 컸다. 그래서 그런지 급히 서둘지도 않고 보통 걸음으로 걷는데도 나는 종종걸음을 쳐야 따라갈 수 있었다. 나는 할 수 없이 한 손을 내밀어 아버지의 손을 잡았다. 아버지의 손은 크고 투박하고 나무토막처럼 단단했다. 끌려가듯 따라가면서도 나는 좀 우스웠다. 이날까지는 이런 일을 생각할 수도 없었다. 아버지와 손을 잡고 길을 걷는다는 것은 꿈에도 상상할 수 없는 일이었다. 그렇게 지내 왔는데, 오늘 나는 아주 자연스럽게 아버지와 손을 맞잡고 길을 걷고 있다. 좀 우쭐한 생각이 들었다. 하지만 아무도 그런 우리를 부러운 눈초리로 쳐다보지는 않았다.

 아버지와 나는 한도 끝도 없이 걸었다. 어느새 거리는 점심때쯤 되었고, 눈발이 비치기 시작했다. 어느 곳을 가나 거리는 사람으로 붐벼 있었고, 그 많은 사람들은 우리 부자더러 어디를 그리 바삐 가느냐고, 노새를 찾아다니느냐고 묻지 않았고, 아버지와 나는 아무에게 노새를 보지 못했느냐고 묻지 않았다. 다리는 쇠사슬을 단 것처럼 무겁고, 배가 고프고 쓰렸다. 나는 그런 우리가 옛날 얘기에 나오는 길 잃은 나그네 같다고 생각했다. 길은 멀고 해는 저물었는데, 쉬어 갈 곳이라고는 없는 그런 처지 같았다. 아무리 가도 인가는 나타나지 않고, 멀리서 깜박깜박 비치는 불빛도 없었다. 보이느니 거친 산과 들뿐 사람이나 노새는 보이지 않았다.

 아버지와 내가 동물원에 들어간 것은 거의 해가 질 무렵이었다. 어떻게 해서 동물원에 들어오게 되었는지 나는 잘 기억해 낼 수가 없다. 둘 중의 아무도 동물원에 들어가자고 말한 사람은 없었는데 어째서 발길이 이곳으로 돌려졌는지 모른다. 정처 없이 걷다가 마침 닿은 곳이 동물원이어서 그냥 대수롭지 않게 들어왔는지도 모르겠다. 하여튼 나는 희한한 곳엘 다 왔다 싶었다. 내 경우 동물원에 와 본 것은 지금까지 딱 한 번밖에 없었으니까. 그것도 어린이날 무료 공개한다는 바람에 동네 조무래기들과 함께 와 본 것뿐이었다. 그때는 사람들에 치여 제대로 구경도 못했는데 지금 나는 구경꾼도 별로 없는 동물원을 더구나 아버지와 함께 오게 되었으니 참 가다가는 별일도 있는 것이구나 하였다. 남들 눈에는 한가하게 동물원 구경을 온 다정한 부자로 비칠 것이 아닌가. 동물원 안은 조용하고 을씨년스러웠다. 동물들은 제집에 처박혀 있거나 가느다란 석양이 비치는 곳에 웅크리고 있거나 하였다. 막상 들어온 아버지는 그런 동물들을 별로 눈여겨보지 않았다. 동물들의 우리를 보다가 하늘을 보다가 할 뿐, 눈에 초점이 없었다. 칠면조도 사자도 호랑이도 원숭이도 사슴도 그런 눈으로 건성건성 보고 지나갈 뿐이었다. 그러던 아버지가 잠시 발을 멈춘 곳은 얼룩말이 있는 우리 앞이었다. 얼룩말은 두 마리였다. 아버지는 그러나 그 앞에서도 멍하니 서 있기만 하지 이렇다 할 감정의 표시를 하지 않았다. 나는 그런 아버지를 한 번 쳐다보고, 얼룩말을 한 번 쳐다보고 하였다. 그러다가 아버지의 얼굴이 어쩌면 그렇게 말이나 노새와 닮았는지 모르겠다고 생각하였다. 그렇게 생각하고 보니 꼭 그랬다. 길게 째진, 감정이 없는 눈이며 노상 벌름벌름한 코, 하마 같은 입, 그리고 덜렁하니 큰 귀가 그랬다. 아버지가 너무 오래 말이나 노새를 다뤄 와서 그런 건지,

애당초 말이나 노새 같은 사람이어서 그런 짐승과 평생을 같이해 온 것인지는 알 수 없으나, 막상 얼룩말 앞에 세워 놓은 아버지는 영락없는 말의 형상이었다.

　동물원을 나왔을 때 이미 거리는 밤이었다. 이번엔 집 쪽으로 걸었다. 그럴 수밖에. 우리는 더 갈 데가 없었던 것이다. 우리 동네가 저만치 보였을 때 아버지는 바로 눈앞에 있는 대폿집*에서 발을 멈추었다. 힐끗 나를 돌아보고 나서 다짜고짜 나를 술집으로 끌고 들어갔다. 이런 일도 전에는 없던 일이었다. 술집 안에는 사람들이 가득 차서 왁왁 떠들어 대고 있었다. 돼지고기를 굽는 냄새, 찌개 냄새, 김치 냄새가 집 안에 가득했다. 사람들은 우리를 의아스런 눈초리로 쳐다보았으나 이내 시선을 거두고 자기들의 얘기 속으로 다시 들어갔다. 나는 들어가자마자 그 냄새들을 힘껏 마셨다. 쓰러질 것 같았다. 아버지는 소주 한 병과 안주를 시키더니 안주는 내 쪽으로 밀어 주고 술만 거푸 마셔 댔다. 아버지는 술이 약한 편이어서 저러다가 어쩌나 하고 걱정이 되었다.

　"아버지, 고만 드세요. 몸에 해로워요."

　"으응."

　대답하면서도 아버지는 술잔을 놓지 않았다. 얼마나 지났을까, 안주를 계속 주워 먹었으므로 어느 정도 시장기를 면한 나는 비로소 아버지를 쳐다보았다.

・대폿집: 큰 술잔으로 마시는 술을 파는 집

"이제부터 내가 노새다. 이제부터 내가 노새가 되어야지 별수 있니? 그놈이 도망쳤으니까. 이제 내가 노새가 되는 거지."

기분 좋게 취한 듯한 아버지는 놀라는 나를 보고 히힝 한 번 웃었다. 나는 어쩐지 그런 아버지가 무섭지만은 않았다. 그러면 형들이나 나는 노새 새끼고, 어머니는 암노새고, 할머니는 어미 노새가 되는 것일까? 나도 아버지를 따라 히히힝 웃었다. 어른들은 이래서 술집에 오는 모양이었다. 나는 안주만 집어 먹었는데도 술 취한 사람마냥 턱없이 즐거웠다. 노새 가족 – 노새 가족은 우리 말고는 이 세상에 또 없을 것이었다.

그러나 이러한 생각은 아버지와 내가 집에 당도했을 때 무참히 깨어지고 말았다. 우리를 본 어머니가 허둥지둥 달려 나와 매달렸다.

"이걸 어쩌우. 글쎄 경찰서에서 당신을 오래요. 그놈의 노새가 사람을 다치게 하고 가게 물건들을 박살을 냈대요. 이걸 어쩌지."

"노새는 찾았대?"

"찾고나 그러면 괜찮게요? 노새는 간데온데없고 사람들만 다치고 하니까, 누구네 노새가 그랬는지 수소문 끝에 우리 집으로 순경이 찾아왔지 뭐유."

오늘 낮에 지서에서 나온 사람이 우리 노새가 튀는 바람에 여기저기서 많은 피해를 입었으니 도로 무슨 법이라나 하는 법으로 아버지를 잡아넣어야겠다고 이르고 갔다는 것이었다. 아버지는

술이 확 깨는 듯 그 자리에 선 채 한동안 눈만 뒤룩뒤룩 굴리고 서 있더니 힝 하고 코를 풀었다. 그리고는 아무 말 없이 스적스적 문밖으로 걸어 나갔다. 나는 "아버지." 하고 뒤를 따랐으나 아버지는 돌아보지도 않고 어두운 골목길을 나가고 있었다.

  나는 그 순간 또 한 마리의 노새가 집을 나가는 것 같은 착각을 일으켰다. 그리고는 무엇인가가 뒤통수를 때리는 것을 느꼈다. 아, 우리 같은 노새는 어차피 이렇게 비행기가 붕붕거리고, 헬리콥터가 앵앵거리고, 자동차가 빵빵거리고, 자전거가 쌩쌩거리는 대처*에서는 발붙이기 어려운 것인가 하는 생각이 들었다. 언젠가 남편이 택시 운전사인 칠수 어머니가 하던 말, "최소한도 자동차는 굴려야지 지금이 어느 땐데 노새를 부려." 했다는 말이 생각났다. 그러나 그것은 잠깐 동안이고 나는 금방 아버지를 쫓았다. 또 한 마리의 노새를 찾아 캄캄한 골목길을 마구 뛰었다.

• 대처: 사람이 많이 살고 상공업이 발달한 번잡한 지역

4

선생님의 밥그릇

이청준

어떻게 읽을까?
주인공이 이상하게 여기던 선생님의 행동에는 어떤 가르침이 담겨 있었는지 생각해 보세요.

37년 전의 반 담임 선생님을 모신 저녁 회식 자리는 이날의 주빈*이신 노진 선생님의 옛 기벽**에 대한 추억으로 처음엔 분위기가 그저 유쾌하기만 하였다.

  노진 선생님은 그러니까 1950년대 초중반 전란의 혼란과 궁핍 속에 어렵사리 중학생모를 쓰게 된 우리 ㅅ중학교의 1학년 3반 담임 선생님이셨다. 그런데 중학교 초년 시절 그 남녘 도시 학교의 노진 선생님은, 새 교풍과 학과목, 근엄한 표정의 선생님들 앞에 어딘지 기가 조금씩 움츠러든 반 아이들, 특히 이곳저곳 벽지*** 시골에서 올라와 낯선 도회살이를 갓 시작한 심약한 지방 출신 아이들을 또래 친구처럼 즐겁게 잘 보살펴 주신 분이었다. 한 예로, 방과 후에 뒤에 남아 빈 교실을 정리해야 하는 청소 당번을 몹시 싫어한 우리들에게 선생님은 그날그날 종례 시간에 갑작스런 벌칙을 마련하여 거기에 해당하는 아이들로 하여금 그날의 청소 인원을 충당하곤 하시는 식이었다.

* 주빈: 손님 가운데서 주가 되는 손님
** 기벽: 남달리 기이한 버릇
*** 벽지: 외따로 뚝 떨어져 있는 궁벽한 땅. 도시에서 멀리 떨어져 있어 교통이 불편하고 문화의 혜택이 적은 곳을 이른다.

"오늘 아침 운동장 조회 때 똑바로 줄 서지 않았다가 나한테 호명당한 일곱 명 일어서 봐……. 너희가 오늘 청소 당번이다."

"오늘 체육 시간에 체육복 안 입고 나간 사람 ○명 있었다는데, 누구누군가……. 너희들 오늘 무엇을 해야 하는 녀석들인 줄 알고 있겠지?"

항상 그런 식이셨다. 어떤 땐 갑자기 책가방 속을 검사하여 놀이용 구슬을 가지고 다니는 아이들을 골라내시기도 하였고, 어떤 땐 저고리 단추나 이름표가 조금 비뚤어진 아이들을 억울하게 골탕 먹이시기도 하였다. 심지어는 선생님이 종례 들어오시는 걸 모르고 미처 자리에 앉지 못한 아이들의 이름이 줄줄이 불리게 될 때도 있었고, 그게 그날의 청소 당번이 될 줄 알고 미리 선수를 쳐 "너희들 오늘 청소 당번!" 하고 말했다가 오히려 선생님의 '교편을 모독한 죄'나 '남의 불행을 악용하려는 죄'로 먼저 걸린 아이들을 대신해 엉뚱한 고역을 떠안게 되는 수도 있었다. 또 책가방 속에 만화책을 숨겼다가 들통이 난 아이는 그 허물로 공부를 소홀히 한 죄, 중학생의 품위를 떨어뜨린 죄, 선생님의 주의를 어긴 죄 그리고 선생님을 속이려 한 죄에다, 자신의 죄목을 헤아려 보라고 했을 때 '선생님의 비상한 눈치와 비행* 탐지력을 알아보지 못한 죄'를 빠뜨린 허물로 '자신이 반성해야 할 죄의 가짓수도 다 알지 못한 죄'까지 더하여 일주일 동안 연속 벌 청소를 선고받

• 비행: 잘못되거나 그릇된 행위

은 아이의 경우까지 있었다.

　반 아이들은 언제 어디서 어떤 벌칙으로 그날의 청소 당번이 정해지게 될지 몰라 선생님 앞에선 늘 마음을 놓을 수가 없었다. 그러나 그것은 긴장이나 원망을 부를 리는 없었다. 그렇게 떠맡게 된 청소 당번이 그닥 억울하거나 짜증스러울 수도 없었다. 그것은 일종의 즐거운 유희나 게임 같은 것이었고, 우리들의 첫 학교생활도 그만큼 부드러운 안정을 얻어 갔다.

　그런데 어느 날 오후, 그 노진 선생님이 그간 정년퇴직을 하고 지내시다 이번에 며칠 간 서울에 머무르고 계시다는 한 옛 반 친구의 전화 통문이었다. 거기다 전에도 가끔 찾아뵌 친구들이 있긴 하지만, 이번 기회에 옛 반우*들이 함께 선생님을 모셔 보자는 의견에 따라, 서울에 머무르고 있는 옛 제자 7, 8명이 모처럼 선생님과 함께하게 된 자리가 이날의 회식 자리였다. 그러니까 그 시절 그런저런 반 관리나 아이들 지도법을 무슨 싱거운 기벽쯤으로 말하기는 뭣하지만, 어쨌거나 그 같은 선생님에 대한 추억들로 이날의 회식 자리는 처음엔 그 분위기가 썩 부드럽고 즐거운 편이었다. 그런 류의 모임 자리가 대개 그런 식이듯 어딘지 좀 싱겁고 의례적이기까지 한 느낌마저 없지 않았을 정도였다.

　그런데 몇 순배** 술잔이 비워지고 주 식사가 나왔을 때부터 그런 분위기가 갑자기 달라지기 시작했다. 선생님은 그때 상을 보

* 반우: 함께 짝하여 지내는 친구
** 순배: 술자리에서 술잔을 차례로 돌림. 또는 그 술잔

아 주고 나가는 심부름꾼 아이에게 빈 그릇 하나를 더 부탁하여 당신의 밥을 미리 반쯤이나 덜어 내고 식사를 시작하셨는데, 그것을 보고 한 친구가 무심히 알은체를 하고 나선 것이 그 첫 사단*이었다.

"근력이 썩 좋아 보이시지는 못한 편이신데 진지라도 좀 많이 드시지 않으시구요."

"전에도 선생님께선 늘 수저를 드시기 전에 먼저 진지를 많이 덜어 내시던데 혹시 소식 요법이라도 계속하고 계신 거 아니신지요?"

먼저 친구에 이어 그동안 몇 차례 선생님을 찾아뵌 적이 있었다던 다른 한 친구까지 뒷말을 거들고 나서는 소리에, 선생님은 처음 별로 대수롭잖은 일처럼 가벼운 웃음기 속에 대답을 대충 얼버무리고 넘어가셨다.

"아니 이 나이에 무슨 건강 요법은……. 어쩌다 몸에 익어진 내 젊었을 적부터의 버릇이랄까……."

그런데 그다음에 선생님의 표정이나 말씀이 좀 심상치가 않아 보이셨다.

"문상훈 군……. 내 자네한텐 아직도 할 말이 없네. 그래, 자넨 그동안 큰 어려움 없이 잘 지내 왔던가?"

제자들의 물음에 왠지 대답을 흐리고 계신 듯싶던 그 선생님의

---

* 사단: 사건의 단서. 일의 실마리

눈길이 무심결에 문상훈이라는 한 운수 회사 봉직의 친구에게로 흐르시더니, 무언지 마음속에 혼자 묻어온 생각이 있으신 듯 조용히 묻고 계셨다. 그 선생님의 어조나 표정 속엔 분명 이때까지와는 유가 다른 어떤 그윽하면서도 새삼스런 감회의 빛이 어리고 있었다. 더욱이 일견 범연스레* 보일 수 있는 그 선생님의 물음 앞에 문상훈도 이상하게 얼굴색이 붉어지며 다른 때의 그답지 않게 목소리가 숙연해지고 있었다.

"예, 선생님. 저야말로 그동안 선생님의 은덕으로 자신을 이만큼이나마 이끌어 온 것 같습니다. 하지만 전 선생님께서 그때 하신 말씀을 오늘까지 이렇게 잊지 않고 계실 줄은 몰랐습니다."

얼핏 들으며 무슨 선문답** 같은 주고받음이었다. 그러나 우리는 이내 그 곡절을 알게 됐다. 동시에 그 옛 시절 선생님의 또 다른 유희성 단속 놀음 한 가지를 떠올리고들 있었다. 다름 아니라, 그 시절 선생님은 우리들의 점심 도시락 단속에 유난히 더 열을 올리고 계셨다. 거의 종례 시간마다 도시락통을 검사하여 점심을 거른 아이들에게 예의 벌 청소 일을 떠맡겨 버리곤 하셨다. 선생님은 장난기를 띠시며 벌 청소감을 찾아내셨지만, 그 어려운 시절 자취방을 얻어 지내는 지방 출신 아이들이나 집안 형편이 어려운 아이들에게는 그것이 여간 힘들고 거북한 부담이 아닐 수

---

* 범연스럽다: 보기에 차근차근한 맛이 없이 데면데면한 데가 있다.
** 선문답: 불교에서 참선하는 사람들끼리 진리를 찾기 위해 주고받는 대화

없었다. 어린 시절의 건강을 보살펴 주시려는 선생님의 뜻은 충분히 이해를 하면서도 어쩔 수 없이 점심을 거르고 지내야 하는 몇몇 아이들에겐 그 서글픈 허기 속에 벌 청소까지 안겨 주는 선생님의 처사가 더없이 비정하고 원망스럽기까지 하였다.

 그런데 그 선생님의 잦은 도시락통 검사 행사가 언제부턴가 슬그머니 자취를 감추고 말았다. 어느 날 그 행사 중에 일어난 한 무참스런* 사건을 계기로 해서였다. 그날도 선생님은 종례 시간에 예의 벌 청소꾼을 모으기 위해 점심을 거른 아이들을 색출해 내고 계시던 중이었다.

 "선생님, 문상훈은 도시락을 싸 오지 않았으면서도 일어서지 않고 있어요."

 종례 시간의 들뜬 분위기에다 벌 청소를 할 아이들의 수가 모자라는 것을 보고 그 상훈의 바로 뒤쪽 자리에 앉은 녀석이 제 앞 친구를 장난삼아 고해바치고 있었다.

 그런 고자질에 상훈은 물론 제 책상 위에 꺼내 놓은 도시락통을 증거로 얼굴을 붉혀 가며 마구 화를 내었다. 그러자 기왕 말을 꺼낸 뒷자리에 앉은 고발자도 지지 않고 가차 없는 증언을 계속했다.

 "도시락은 늘 가지고 다니지만, 난 네가 한 번도 점심시간에 도시락을 꺼내 먹는 걸 못 봤다. 넌 종례 시간에만 도시락을 내놓

---

* 무참스럽다: 보기에 몹시 끔찍하고 참혹한 데가 있다.

고 벌 청소를 빠지더라…….'"

드디어 선생님이 미심쩍은 얼굴로 그 사실을 확인하러 상훈에게 다가가신 건 그때로선 매우 당연한 절차였다. 그리고 도시락통 뚜껑을 열어 보라는 선생님의 말씀에 상훈이 우물쭈물 조금 열어 보인 그 도시락통 속사정은 선생님만이 비밀을 아신 채 두 녀석 간의 다툼은 그것으로 싱겁게 끝이 나고 말았다.

이후로도 선생님이 그 일을 다시 입에 담으신 일은 한 번도 없었다. 하지만 그 선생님의 가혹한 도시락 검사와 점심을 거른 아이들의 벌 청소제가 사라진 것은 바로 그 일이 있은 후부터였다.

이후로 그 일을 입에 올리지 않은 것은 우리들 역시 마찬가지였다. 그러나 우리는 말을 하지 않더라도 그 두 녀석 간의 승패나 선생님만이 보고 마신 도시락통 속 비밀은 모를 사람이 없었다.

다만 우리는, 그 후 선생님이 상훈을 따로 불러 스스로 은밀히 약속하신 일이 있었던 것을 몰랐을 뿐이었다.

"이제는 그때 일을 털어놓아도 큰 허물이 안 될 일 같아 말씀드리겠습니다. 그 며칠 뒤엔가 선생님께선 조용히 교무실로 저를 불러 말씀해 주셨지요."

서로가 한동안 아릿한 회상에 젖어 있던 선생님과 반 친구들 앞에 상훈은 이제 모두가 같은 생각이 아니겠냐는 듯 거두절미* 침묵을 깨고 그때의 일을 회상하며 말했다.

• 거두절미: 어떤 일의 요점만 간단히 말함.

"이제부터 나는 매끼 내 밥그릇의 절반을 덜어 놓고 먹기로 했다. 비록 너나 네 어려운 이웃들에게 그것을 직접 나눌 수는 없더라도 누가 너를 위해 늘 자기 몫의 절반을 나누고 있다는 것을 기억해라. 그 밥그릇의 절반만큼 한 마음이 언제고 너의 곁에 함께하고 있음을 알고 앞으로의 어려움을 잘 이겨 나가도록 하여라……. 선생님께선 그 몇 마디 말씀과 함께 제 등을 한 번 툭 건드려 주시는 걸로 다시 저를 돌려보내 주셨지요. 그리곤 다신 그 일을 알은척을 않으셨고요……. 하지만 전 그 후로 언제 어디서나 그 선생님의 절반 몫의 양식을 제 곁에 가까이 느끼며 지내 왔습니다. 그리고 그 선생님의 사랑과 은덕은 저뿐만 아니라 여기 우리들 모두가 그간 알게 모르게 함께 누려 왔을 것으로 믿고 있고요. 하지만 전 선생님께서 그때의 일을 잊지 않으시고 지금까지고 늘 그렇게 지내 오고 계실 줄은 정말 몰랐습니다."

바로 선생님의 그 덜어 놓기 '버릇'의 내력이었다. 말할 것도 없이 그건 어쩌면 '소식 건강 요법'이나 어쩌다 몸에 익힌 당신의 '버릇'이기 보다는 너무도 벅차고 뜨겁고 자애로운 은애*의 사연이었다.

싱거울 만큼 유쾌하기만 하던 회식의 분위기에 새삼스레 숙연한 감동이 깃들었을 것은 당연한 노릇이었다.

• 은애: 은혜와 사랑을 아울러 이르는 말

그러나 선생님은 그것이 외려 더 불편하고 쑥스러우신 듯 어정쩡한 어조로 그 이야기의 뒤끝을 맺고 계셨다.

"그야 내 딴엔 제법 생각이 없었던 일이 아니었지만, 아직 너무 세상사를 몰랐었다 할까……. 그런 일을 당하고 보니 내 자신이 너무 설익고 모자라 보이기만 하더구먼. 그래 무슨 교육자랍시고 제 설익은 생각을 남에게 강요하기보다, 우선 내 지닌 몫부터 절반만큼씩 줄여 나눠 가져 보자는 생각에서였을 뿐인데, 그것을 그렇게 크게 받아들여 주었다니 내가 외려 고맙고 민망스러워지네그려. 하긴 나도 그 덕에 좋은 건강법을 익힌 셈이고, 요즘같이 교육계가 난경*을 빚고 있는 마당에선 제 몫의 밥그릇을 절반으로 줄여 살기도 쉬운 일만은 아닐 것 같아 보이네만. 그렇다고 그게 어디 무슨 치하**까지 받아야 할 일인가. 허허……."

* 난경: 어려운 경우나 처지
** 치하: 남이 한 일에 대하여 고마움이나 칭찬의 뜻을 표시함.

소나기

황순원

어떻게 읽을까?

① 갑자기 내렸다가 그치는 소나기가 상징하는 것이 무엇인지 생각해 보세요.
② 두 주인공의 심리 변화를 따라가며 주인공들의 심리를 나타내는 상징들을 찾아보세요.

소년은 개울가에서 소녀를 보자 곧 윤 초시네 증손녀딸이라는 걸 알 수 있었다. 소녀는 개울에다 손을 잠그고 물장난을 하고 있는 것이다. 서울서는 이런 개울물을 보지 못하기나 한 듯이.

벌써 며칠째 소녀는 학교서 돌아오는 길에 물장난이었다. 그런데 어제까지는 개울 기슭에서 하더니, 오늘은 징검다리 한가운데 앉아서 하고 있다.

소년은 개울둑에 앉아 버렸다. 소녀가 비키기를 기다리자는 것이다.

요행* 지나가는 사람이 있어 소녀가 길을 비켜 주었다.

다음 날은 좀 늦게 개울가로 나왔다.

이날은 소녀가 징검다리 한가운데 앉아 세수를 하고 있었다. 분홍 스웨터 소매를 걷어 올린 팔과 목덜미가 마냥 희었다.

한참 세수를 하고 나더니, 이번에는 물속을 빤히 들여다본다. 얼굴이라도 비추어 보는 것이리라. 갑자기 물을 움켜 낸다. 고기 새끼라도 지나가는 듯.

---

* 요행: 뜻밖에 얻은 행운. 또는 우연히 얻은 행운

소녀는 소년이 개울둑에 앉아 있는 걸 아는지 모르는지 그냥 날쌔게 물만 움켜 낸다. 그러나 번번이 허탕이다. 그대로 재미있는 양, 자꾸 물만 움킨다. 어제처럼 개울을 건너는 사람이 있어야 길을 비킬 모양이다.

그러다가 소녀가 물속에서 무엇을 하나 집어낸다. 하얀 조약돌이었다. 그러고는 훌 일어나 팔짝팔짝 징검다리를 뛰어 건너간다.

다 건너가더니 홱 이리로 돌아서며,

"이 바보."

조약돌이 날아왔다.

소년은 저도 모르게 벌떡 일어섰다.

단발머리를 나풀거리며 소녀가 막 달린다. 갈밭* 사잇길로 들어섰다. 뒤에는 청량한 가을 햇살 아래 빛나는 갈꽃뿐.

이제 저쯤 갈밭머리로 소녀가 나타나리라. 꽤 오랜 시간이 지났다고 생각했다. 그런데도 소녀는 나타나지 않는다. 발돋움을 했다. 그러고도 상당한 시간이 지났다고 생각됐다.

저쪽 갈밭머리에서 갈꽃이 한 옴큼 움직였다. 소녀가 갈꽃을 안고 있었다. 그리고 이제는 천천한 걸음이었다. 유난히 맑은 가을 햇살이 소녀의 갈꽃 머리에서 반짝거렸다. 소녀 아닌 갈꽃이 들길을 걸어가는 것만 같았다.

소년은 이 갈꽃이 아주 뵈지 않게 되기까지 그대로 서 있었다.

* 갈밭: 갈대밭

문득, 소녀가 던진 조약돌을 내려다보았다. 물기가 걷혀 있었다. 소년은 조약돌을 집어 주머니에 넣었다.

다음 날부터 좀 더 늦게 개울가로 나왔다. 소녀의 그림자가 뵈지 않았다. 다행이었다.

그러나 이상한 일이었다. 소녀의 그림자가 뵈지 않는 날이 계속될수록 소년의 가슴 한구석에는 어딘가 허전함이 자리 잡는 것이었다. 주머니 속 조약돌을 주무르는 버릇이 생겼다.

그러한 어떤 날, 소년은 전에 소녀가 앉아 물장난을 하던 징검다

리 한가운데에 앉아 보았다. 물속에 손을 잠갔다. 세수를 하였다. 물속을 들여다보았다. 검게 탄 얼굴이 그대로 비치었다. 싫었다.

　소년은 두 손으로 물속의 얼굴을 움키었다. 몇 번이고 움키었다. 그러다가 깜짝 놀라 일어나고 말았다. 소녀가 이리 건너오고 있지 않느냐.

　숨어서 내 하는 꼴을 엿보고 있었구나. 소년은 달리기 시작했다. 디딤돌을 헛짚었다. 한 발이 물속에 빠졌다. 더 달렸다.

　몸을 가릴 데가 있어 줬으면 좋겠다. 이쪽 길에는 갈밭도 없다.

메밀밭이다. 전에 없이 메밀꽃 내*가 짜릿하니 코를 찌른다고 생각됐다. 미간이 아찔했다. 찝찔한 액체가 입술에 흘러들었다. 코피였다. 소년은 한 손으로 코피를 훔쳐 내면서 그냥 달렸다. 어디선가, 바보, 바보, 하는 소리가 자꾸만 뒤따라오는 것 같았다.

  토요일이었다.
  개울가에 이르니 며칠째 보이지 않던 소녀가 건너편 가에 앉아 물장난을 하고 있었다.
  모르는 체 징검다리를 건너기 시작했다. 얼마 전에 소녀 앞에서 한 번 실수를 했을 뿐, 여태 큰길 가듯이 건너던 징검다리를 오늘은 조심성스럽게 건넌다.
  "얘."
  못 들은 체했다. 둑 위로 올라섰다.
  "얘, 이게 무슨 조개지?"
  자기도 모르게 돌아섰다. 소녀의 맑고 검은 눈과 마주쳤다. 얼른 소녀의 손바닥으로 눈을 떨구었다.
  "비단조개."
  "이름두 참 곱다."
  갈림길에 왔다. 여기서 소녀는 아래편으로 한 3마장**쯤, 소년

---

* 내: 냄새
** 마장: 거리의 단위. 5리나 10리가 못 되는 거리를 이른다.

은 우대*로 한 10리 가까잇길을 가야 한다.

　소녀가 걸음을 멈추며,

　"너, 저 산 너머에 가 본 일 있니?"

벌 끝을 가리켰다.

　"없다."

　"우리 가 보지 않을래? 시골 오니까 혼자서 심심해 못 견디겠다."

　"저래 뵈두 멀다."

　"멀믄 얼마나 멀갔게? 서울 있을 땐 아주 먼 데까지 소풍 갔었다."

　소녀의 눈이 금세, 바보, 바보, 할 것만 같았다.

　논 사잇길로 들어섰다. 벼 가을걷이하는 곁을 지났다.

　허수아비가 서 있었다. 소년이 새끼줄을 흔들었다. 참새가 몇 마리 날아간다. 참 오늘은 일찍 집으로 돌아가 텃논**의 참새를 봐야 할걸, 하는 생각이 든다.

　"아, 재밌다!"

　소녀가 허수아비 줄을 잡더니 흔들어 댄다. 허수아비가 대고 우쭐거리며 춤을 춘다. 소녀의 왼쪽 볼에 살포시 보조개가 패었다.

　저만치 허수아비가 또 서 있다. 소녀가 그리로 달려간다. 그 뒤를 소년도 달렸다. 오늘 같은 날은 일찌감치 집으로 돌아가 집안

* 우대: 위쪽
** 텃논: 집터에 딸리거나 마을 가까이 있는 논

일을 도와야 한다는 생각을 잊어버리기라도 하려는 듯이.

　소녀의 곁을 스쳐 그냥 달린다. 메뚜기가 따끔따끔 얼굴에 와 부딪힌다. 쪽빛으로 한껏 갠 가을 하늘이 소년의 눈앞에서 맴을 돈다. 어지럽다. 저놈의 독수리, 저놈의 독수리, 저놈의 독수리가 맴을 돌고 있기 때문이다.

　돌아다보니 소녀는 지금 자기가 지나쳐 온 허수아비를 흔들고 있다. 좀 전 허수아비보다 더 우쭐거린다.

　논이 끝난 곳에 도랑이 하나 있었다. 소녀가 먼저 뛰어 건넜다.

　거기서부터 산 밑까지는 밭이었다.

　수숫단을 세워 놓은 밭머리를 지났다.

　"저게 뭐니?"

　"원두막."

　"여기 차미*, 맛있니?"

　"그럼. 차미 맛두 좋지만 수박 맛은 더 좋다."

　"하나 먹어 봤으면."

　소년이 참외 그루에 심은 무밭으로 들어가, 무 두 밑을 뽑아 왔다. 아직 밑이 덜 들어 있었다. 잎을 비틀어 팽개친 후 소녀에게 한 밑을 건넨다. 그러고는 이렇게 먹어야 한다는 듯이 먼저 대강이를 한 입 베어 물어 낸 다음 손톱으로 한 돌이** 껍질을 벗겨 우적 깨문다.

• 차미: 참외
•• 돌이: 무엇의 둘레로 한 바퀴 돌아가거나 감긴 것을 세는 단위

소녀도 따라 했다. 그러나 세 입도 못 먹고,

"아, 맵고 지려."

하며 집어 던지고 만다.

"참, 맛없어 못 먹겠다."

소년이 더 멀리 팽개쳐 버렸다.

산이 가까워졌다.

단풍이 눈에 따가웠다.

"야아!"

소녀가 산을 향해 달려갔다. 이번은 소년이 뒤따라 달리지 않았다. 그러고도 곧 소녀보다 더 많은 꽃을 꺾었다.

"이게 들국화, 이게 싸리꽃, 이게 도라지꽃……."

"도라지꽃이 이렇게 예쁜 줄은 몰랐네. 난 보랏빛이 좋아! …… 근데 이 양산같이 생긴 노란 꽃이 뭐지?"

"마타리꽃."

소녀는 마타리꽃을 양산 받듯이 해 보인다. 약간 상기된 얼굴에 살폿한 보조개를 떠올리며.

다시 소년은 꽃 한 옴큼을 꺾어 왔다. 싱싱한 꽃가지만 골라 소녀에게 건넨다.

그러나 소녀는,

"하나두 버리지 말어."

산마루께로 올라갔다.

맞은편 골짜기에 오손도손 초가집이 몇 모여 있었다.

누가 말한 것도 아닌데 바위에 나란히 걸터앉았다. 별로* 주위가 조용해진 것 같았다. 따가운 가을 햇살만이 말라 가는 풀 냄새를 퍼뜨리고 있었다.

"저건 또 무슨 꽃이지?"

적잖이 비탈진 곳에 칡덩굴이 엉키어 끝물 꽃을 달고 있었다.

"꼭 등꽃 같네. 서울 우리 학교에 큰 등나무가 있었단다. 저 꽃을 보니까 등나무 밑에서 놀던 동무들 생각이 난다."

소녀가 조용히 일어나 비탈진 곳으로 간다. 꽃송이가 달린 줄기를 잡고 끊기 시작한다. 좀처럼 끊어지지 않는다. 안간힘을 쓰다가 그만 미끄러지고 만다. 칡덩굴을 그러쥐었다.

소년이 놀라 달려갔다. 소녀가 손을 내밀었다. 손을 잡아 이끌어 올리며, 소년은 제가 꺾어다 줄 것을 잘못했다고 뉘우친다.

소녀의 오른쪽 무릎에 핏방울이 내맺혔다. 소년은 저도 모르게 생채기**에 입술을 가져다 대고 빨기 시작했다. 그러다가 무슨 생각을 했는지 핵 일어나 저쪽으로 달려간다.

좀 만에 숨이 차 돌아온 소년은,

"이걸 바르면 낫는다."

송진***을 생채기에다 문질러 바르고는 그 달음으로 칡덩굴 있

---

* 별로: 별나게. 보통과는 다르게 특별하거나 이상하게
** 생채기: 손톱 따위로 할퀴거나 긁히어서 생긴 작은 상처
*** 송진: 소나무나 잣나무에서 분비되는 끈적끈적한 액체

는 데로 내려가 꽃 달린 줄기를 이빨로 끊어 가지고 올라온다. 그러고는,

"저기 송아지가 있다. 그리 가 보자."

누렁 송아지였다. 아직 코뚜레도 꿰지 않았다.

소년이 고삐를 바투* 잡아 쥐고 등을 긁어 주는 척 후딱 올라탔다. 송아지가 껑충거리며 돌아간다.

소녀의 흰 얼굴이, 분홍 스웨터가, 남색 스커트가, 안고 있는 꽃과 함께 범벅이 된다. 모두가 하나의 큰 꽃묶음 같다. 어지럽다. 그러나 내리지 않으리라. 자랑스러웠다. 이것만은 소녀가 흉내 내지 못할 자기 혼자만이 할 수 있는 일인 것이다.

"너희 예서 뭣들 하느냐?"

농부 하나가 억새풀 사이로 올라왔다.

송아지 등에서 뛰어내렸다. 어린 송아지를 타서 허리가 상하면 어쩌느냐고 꾸지람을 들을 것만 같다.

그런데 나룻이 긴 농부는 소녀 편을 한 번 훑어보고는 그저 송아지 고삐를 풀어내면서,

"어서들 집으루 가거라. 소나기가 올라."

참 먹장구름 한 장이 머리 위에 와 있다. 갑자기 사면이 소란스러워진 것 같다. 바람이 우수수 소리를 내며 지나간다. 삽시간에 주위가 보랏빛으로 변했다.

---

* 바투: 두 대상이나 물체의 사이가 썩 가깝게

산을 내려오는데 떡갈나무잎에서 빗방울 듣는* 소리가 난다. 굵은 빗방울이었다. 목덜미가 선뜻선뜻했다. 그러자 대번에 눈앞을 가로막는 빗줄기.

비안개 속에 원두막이 보였다. 그리로 가 비를 그을** 수밖에.

그러나 원두막은 기둥이 기울고 지붕도 갈래갈래 찢어져 있었다. 그런대로 비가 덜 새는 곳을 가려 소녀를 들어서게 했다. 소녀는 입술이 파랗게 질려 있었다. 어깨를 자꾸 떨었다.

무명 겹저고리를 벗어 소녀의 어깨를 싸 주었다. 소녀는 비에 젖은 눈을 들어 한 번 쳐다보았을 뿐, 소년이 하는 대로 잠자코 있었다. 그러면서 안고 온 꽃묶음 속에서 가지가 꺾이고 꽃이 일그러진 송이를 골라 발밑에 버린다.

소녀가 들어선 곳도 비가 새기 시작했다. 더 거기서 비를 그을 수 없었다.

밖을 내다보던 소년이 무엇을 생각했는지 수수밭 쪽으로 달려간다. 세워 놓은 수숫단 속을 비집어 보더니 옆의 수숫단을 날라다 덧세운다. 다시 속을 비집어 본다. 그러고는 소녀 쪽을 향해 손짓을 한다.

수숫단 속은 비는 안 새었다. 그저 어둡고 좁은 게 안됐다. 앞에 나앉은 소년은 그냥 비를 맞아야만 했다. 그런 소년의 어깨에서 김이 올랐다.

* 듣다: 눈물, 빗물 따위의 액체가 방울져 떨어지다.
** 긋다: 비를 잠시 피하여 그치기를 기다리다.

소녀가 속삭이듯이, 이리 들어와 앉으라고 했다. 괜찮다고 했다. 소녀가 다시, 들어와 앉으라고 했다. 할 수 없이 뒷걸음질을 쳤다. 그 바람에 소녀가 안고 있는 꽃묶음이 우그러들었다. 그러나 소녀는 상관없다고 생각했다. 비에 젖은 소년의 몸 내음새가 확 코에 끼얹혀졌다. 그러나 고개를 돌리지 않았다. 도리어 소년의 몸기운으로 해서 떨리던 몸이 적이 누그러지는 느낌이었다.
　소란하던 수숫잎 소리가 뚝 그쳤다. 밖이 멀게졌다.
　수숫단 속을 벗어 나왔다. 멀지 않은 앞쪽에 햇빛이 눈부시게 내리붓고 있었다.
　도랑 있는 곳까지 와 보니, 엄청나게 물이 불어 있었다. 빛마저 제법 붉은 흙탕물이었다. 뛰어 건널 수가 없었다.
　소년이 등을 돌려 댔다. 소녀가 순순히 업혔다. 걷어 올린 소년의 잠방이*까지 물이 올라왔다. 소녀는, 어머나 소리를 지르며 소년의 목을 그러안았다.
　개울가에 다다르기 전에 가을 하늘은 언제 그랬는가 싶게 구름 한 점 없이 쪽빛으로 개어 있었다.

　그다음 날은 소녀의 모양이 뵈지 않았다. 다음 날도, 다음 날도. 매일같이 개울가로 달려와 봐도 뵈지 않았다.
　학교에서 쉬는 시간에 운동장을 살피기도 했다. 남몰래 5학년

* 잠방이: 가랑이가 무릎까지 내려오도록 짧게 만든 홑바지

여자 반을 엿보기도 했다. 그러나 뵈지 않았다.

그날도 소년은 주머니 속 흰 조약돌만 만지작거리며 개울가로 나왔다. 그랬더니 이쪽 개울둑에 소녀가 앉아 있는 게 아닌가.

소년은 가슴부터 두근거렸다.

"그동안 앓았다."

알아보게 소녀의 얼굴이 해쓱해져 있었다.

"그날 소나기 맞은 것 때메?"

소녀가 가만히 고개를 끄덕이었다.

"인제 다 났냐?"

"아직두……."

"그럼 누워 있어야지."

"너무 갑갑해서 나왔다. ……그날 참 재밌었어. ……근데 그날 어디서 이런 물이 들었는지 잘 지지 않는다."

소녀가 분홍 스웨터 앞자락을 내려다본다. 거기에 검붉은 진흙물 같은 게 들어 있었다.

소녀가 가만히 보조개를 떠올리며,

"이게 무슨 물 같니?"

소년은 스웨터 앞자락만 바라다보고 있었다.

"내, 생각해 냈다. 그날 도랑 건널 때 네게 업힌 일이 있지? 그때 네 등에서 옮은 물이다."

소년은 얼굴이 확 달아오름을 느꼈다.

갈림길에서 소녀는,

"저 오늘 아침에 우리 집에서 대추를 땄다. 낼 제사 지내려구……."

대추 한 줌을 내어 준다.

소년은 주춤한다.

"맛봐라, 우리 증조할아버지가 심었다는데 아주 달다."

소년은 두 손을 오그려 내밀며,

"참, 알두 굵다!"

"그리구 저, 우리 이번에 제사 지내구 나서 좀 있다 집을 내주게 됐다."

소년은 소녀네가 이사해 오기 전에 벌써 어른들의 이야기를 들어서 윤 초시 손자가 서울서 사업에 실패해 가지고 고향에 돌아오지 않을 수 없게 됐다는 걸 알고 있었다. 그것이 이번에는 고향 집마저 남의 손에 넘기게 된 모양이었다.

"왜 그런지 난 이사 가는 게 싫어졌다. 어른들이 하는 일이니 어쩔 수 없지만……."

전에 없이 소녀의 까만 눈에 쓸쓸한 빛이 떠돌았다.

소녀와 헤어져 돌아오는 길에 소년은 혼자 속으로 소녀가 이사를 간다는 말을 수없이 되뇌어 보았다. 무어 그리 안타까울 것도 서러울 것도 없었다. 그렇건만 소년은 지금 자기가 씹고 있는 대추알의 단맛을 모르고 있었다.

이날 밤, 소년은 몰래 덕쇠 할아버지네 호두밭으로 갔다.

낮에 봐 두었던 나무로 올라갔다. 그리고 봐 두었던 가지를 향해 작대기를 내리쳤다. 호두 송이 떨어지는 소리가 별나게 크게 들렸다. 가슴이 선뜩했다. 그러나 다음 순간, 굵은 호두야 많이 떨어져라, 많이 떨어져라, 저도 모를 힘에 이끌려 마구 작대기를 내리치는 것이었다.

돌아오는 길에는 열이틀 달이 지우는 그늘만 골라 짚었다. 그늘의 고마움을 처음 느꼈다.

불룩한 주머니를 어루만졌다. 호두 송이를 맨손으로 깠다가는 옴이 오르기 쉽다는 말 같은 건 아무렇지도 않았다. 그저 근동에서 제일가는 이 덕쇠 할아버지네 호두를 어서 소녀에게 맛보여야 한다는 생각만이 앞섰다.

그러다, 아차, 하는 생각이 들었다. 소녀더러 병이 좀 낫거들랑 이사 가기 전에 한번 개울가로 나와 달라는 말을 못 해 둔 것이었다. 바보 같은 것, 바보 같은 것.

이튿날, 소년이 학교에서 돌아오니 아버지가 나들이옷으로 갈아입고 닭 한 마리를 안고 있었다.

어디 가시느냐고 물었다.

그 말에는 대꾸도 없이 아버지는 안고 있는 닭의 무게를 겨냥해 보면서,

"이만하면 될까?"

어머니가 망태기를 내주며,

"벌써 며칠째 걀걀 하구 알 날 자리를 보던데요. 크진 않아두

살은 쪘을 거예요."

소년이 이번에는 어머니한테 아버지가 어디 가시느냐고 물어보았다.

"저, 서당골 윤 초시 댁에 가신다. 제상에라도 놓으시라구……."

"그럼 큰 놈으루 하나 가져가지. 저 얼룩 수탉으루……."

이 말에 아버지는 허허 웃고 나서,

"인마, 그래두 이게 실속이 있다."

소년은 공연히 열적어*, 책보를 집어 던지고는 외양간으로 가, 소 잔등을 한 번 철썩 갈겼다. 쇠파리라도 잡는 척.

개울물은 날로 여물어 갔다.

소년은 갈림길에서 아래쪽으로 가 보았다. 갈밭머리에서 바라보는 서당골 마을은 쪽빛 하늘 아래 한결 가까워 보였다.

어른들의 말이, 내일 소녀네가 양평읍으로 이사 간다는 것이었다. 거기 가서는 조그마한 가겟방을 보게 되리라는 것이었다.

소년은 저도 모르게 주머니 속 호두알을 만지작거리며, 한 손으로는 수없이 갈꽃을 휘어 꺾고 있었다.

그날 밤, 소년은 자리에 누워서도 같은 생각뿐이었다. 내일 소녀네가 이사하는 걸 가 보나 어쩌나. 가면 소녀를 보게 될까 어떨까.

• 열적다: 좀 겸연쩍고 부끄럽다.

그러다가 까무룩 잠이 들었는가 하는데,
"허, 참, 세상일두……."
마을 갔던 아버지가 언제 돌아왔는지,
"윤 초시 댁두 말이 아니여. 그 많던 전답*을 다 팔아 버리구, 대대루 살아오던 집마저 남의 손에 넘기더니, 또 악상**까지 당

* 전답: 논과 밭을 아울러 이르는 말
** 악상: 수명을 다 누리지 못하고 젊어서 죽은 사람의 상사. 흔히 젊어서 부모보다 먼저 자식이 죽는 경우를 이른다.

하는 걸 보면……."

남폿불 밑에서 바느질감을 안고 있던 어머니가,

"증손이라곤 기집애 그 애 하나뿐이었지요?"

"그렇지, 사내애 둘 있던 건 어려서 잃구……."

"어쩌믄 그렇게 자식 복이 없을까."

"글쎄 말이지. 이번 앤 꽤 여러 날 앓는 걸 약두 변변히 못 써 봤다더군. 지금 같애서는 윤 초시네두 대가 끊긴 셈이지. …… 그런데 참 이번 기집애는 어린것이 여간 잔망스럽지가* 않어. 글쎄 죽기 전에 이런 말을 했다지 않어? 자기가 죽거든 자기 입던 옷을 꼭 그대루 입혀서 묻어 달라구……."

· 잔망스럽다: 얄밉도록 맹랑한 데가 있다.

6

고무신

오영수

어떻게 읽을까?

① 작품의 제목인 고무신의 상징적 의미를 생각하며 읽어 보세요.
② 사춘기 소녀 남이의 심리 변화 과정을 따라가며 작품을 읽어 보세요.
③ 작품의 마지막 부분에서 남이와 엿장수는 어떤 생각을 했을지 상상해 보세요.

보리밭 이랑*에 모이를 줍는 낮닭 울음만이 이따금씩 들려오는 고요한 이 마을에도 올봄 접어들어 안타까운 이별이 있었다.

바다와 시가지 일부가 한꺼번에 내다보이는, 지대가 높고 귀환 동포**가 누더기처럼 살고 있는 산기슭 마을이었다. 그렇기에 마을 사람들은 철수 내외와 같이 가난뱅이 월급쟁이가 아니면 대개가 그날그날 날품팔이***다.

밤이면 모여들고 날이 새면 일터로 나가기가 바빴다. 다만 어린아이들만이 마을 앞 양지바른 담 밑에 모여 윤선****이 오고 가는 바다를 바라보고, 윤선도 보이지 않는 날은 무료에 지쳐 버린다.

그러나 이 단조한 마을, 무료한 아이들에게도 단 하나의 즐거움은 있었다. 그것은 날마다 단골로 찾아오는 젊은 엿장수였다.

내려다보이는 아랫마을을 거쳐, 보리밭 사잇길로 이 마을을 향해 올라오는 엿장수는 가위를 째깍거리면서,

"자아 엿이야 엿—, 맛 좋고 빛 좋은 울릉도 호박엿—, 처녀가

---

* 이랑: 논이나 밭을 갈아 골을 타서 두두룩하게 흙을 쌓아 만든 곳
** 귀환 동포: 전쟁이나 징용으로 외국에 나갔다가 고국으로 돌아온 사람을 부르는 말
*** 날품팔이: 일정한 직장이 없이 일거리가 있는 날에만 하루치의 돈을 받고 일하는 사람
**** 윤선: 증기 기관의 동력으로 움직이는 배를 통틀어 이르는 말

먹으면 시집을 가고 총각이 먹으면 장가를 들고."

언제나 귀 익은 타령이건만 이 마을 아이들에게는 언제나 새롭고 즐겁고 또 신이 나는 넋두리였다.

엿장수가 마을 앞까지 채 오기도 전에 아이들은 벌써 길목에 쭉 모여 서서 개선장군이나 맞이하듯 기다리고 섰다.

그러면 엿장수는 더한층 가위 소리를 째깍거리고 길목 돌 위에다 엿판을 턱 내려놓고는, 자! 어떠냐? 하는 듯이 맛보기를 주면 아이들은 서로 다퉈 담을 치고 들여다본다. 그러나 막상 엿을 사 먹는 아이는 좀체 보이지 않고, 혹 떨어진 고무신 짝이나 가지고 와서 바꿔 먹는 아이가 없지는 않으나, 그것도 매일같이 있을 리는 없다. 아이들은 사 먹지는 못할망정 보기만 해도 좋았다. 그 뽀오얗게 밀가루를 쓴 엿가락이 가지런히 누워 있는 엿판을 들여다보고 있을 양이면 저절로 입에 군침이 괴고 마음까지 흐뭇해지는 것이었다.

이 마을 아이들에게 엿장수의 존재란 커다란 매력이었다. 이 마을 아이들에게는 세상에서 가장 부러운 것이 엿장수였을는지도 모른다.

철수가 마악 저녁 밥상을 받자, 그보다 먼저 저녁을 먹은 여섯 살짜리 영이와 네 살짜리 윤이 놈이 상머리에 와 앉는다. 영이 놈이 시무룩한 상을 하고 누가 묻기나 한 듯이,

"어머닌 외가 갔어!"

한다. 즉 저희들을 안 데리고 갔다는 불평인 눈치다. 이런 때 저희들을 동정하는 눈치를 보이기만 하면 투정을 부리는 줄 알기 때문에 철수는 시치미를 딱 떼고,

"흐음!"

했을 뿐 더는 대꾸를 않았다.

윤이는 밥술 오르내리는 것만 하염없이 바라보고 있는데, 영이는 제 말한 것이 아무 반응이 없어 계면쩍게* 앉았다가 갑자기 생각난 듯이 앉은걸음으로 한 걸음 앞으로 다가앉으면서,

"아부지!"

하고는 채 대답도 듣기 전에,

"아지마가 오늘, 윤이 때리고 날 꼬집고 했어!"

한다. 철수는 밥을 씹다 말고,

"으응, 정말?"

"그래!"

하고는 팔을 걷어 보이나 꼬집힌 흔적은 보이지 않았다.

그러자 작은놈도 밑이 타진 바지를 젖히고 볼기짝을 가리키면서,

"에게 에게 때려……."

하는 것을 보아 거짓말은 아닌 것 같다. 의외의 일이었다.

그것은 식모 아이 분수로서 함부로 애들을 때리고 꼬집었다든

* 계면쩍다: 쑥스럽거나 미안하여 어색하다.

가 하는 무슨 명분을 가려서가 아니라, 남이(식모 아이의 이름)가 이 집에 온 이후 오늘까지 한 번이라도 애들에게 손찌검을 하거나 또 했다거나 하는 것을 보지도 듣지도 못했기 때문이었다.

만일 남이가 저희들 말과 같이 때리고 꼬집기까지 했을 때는 이만저만한 일로써가 아니리라.

"그래, 왜 아지마가 때리고 꼬집더냐?"

"……"

"응?"

"……"

한 놈도 대답이 없다.

철수는 부엌에서 저녁 설거지를 하고 있는 남이를 불렀다. 남이 역시 대답이 없다. 대답은 없으나 마루께로 걸어오는 발자국 소리는 들린다. 부엌에서 할 대답을 방문을 열고서야,

"예엣!"

하는 남이의 태도도 역시 여느 때와는 다르다.

철수는 부드러운 목소리로,

"오늘 왜 윤이를 때리고 영이를 꼬집었냐?"

"……."

"아니 때리고 꼬집은 것을 나무람이 아니라, 애들이 무슨 저지레*를 했느냐 말이다?"

그제서야 남이는 옆눈으로 영이와 윤이를 한번 흘겨보고는,

"오늘 뒷개울에 빨래를 간 새, 영이와 윤이가 제 고무신을 들어다 엿을 바꿔 먹었어요!"

어이없는 소리다. 철수는,

"뭣이 어쩌고 어째?"

하고는 밥술을 걸쳐 놓고 남이에게로 돌아앉으면서,

"아아니 그래, 넌 빨래 갈 때 신을 벗고 갔더냐?"

"아니요!"

"그럼?"

* 저지레: 말썽 부리는 짓

"집에서 신는 헌 신 말고요, 옥색 신을요!"

철수는 또 한 번 놀라지 않을 수 없었다.

"응, 옥색 신이다?"

"예!"

이 옥색 고무신으로 말하면, 바로 작년 8월 대목이었다. 철수가 남이더러 추석치레*로 뭣을 해 주면 좋으냐고 물었을 때, 남이는 옥색 바탕에 흰 테두리 한 고무신이 소원이라고 했다. 옷은 작년에 지어 둔 것이 있다는 말을 철수는 그의 아내에게서 들었기 때문에, 한껏해야** 크림이나 한 통 사 줄 생각으로 말한 것이 의외에도 옥색 고무신이라는 데는 철수도 당황하지 않을 수 없었다. 그러나 한번 해 준다고 한 이상 과하니 어쩌니 할 수도 없고 해서 좀 무리를 해서 일금 360원을 주고 사 줬던 것이다.

남이는 무척 기뻐했고 그만큼 또 그 신을 아꼈다. 제가 쓰는 궤짝 속에 감춰 두고 특별한 출입 — 일테면 명절날이나, 또는 심부름 갈 때나, 학교 운동회 때나 — 이 아니면 좀체 신질 않았고, 또 한 번 신기만 하면 기어코 비누로 씻고 닦고 했다. 그렇기에 신어서 닳기보담 닦아서 닳는 것이 더 했으리라.

"그래, 그 신을 어디다 뒀길래?"

"마루 끝에 엎어 둔걸요!"

"왜 마루 끝에 뒀니?"

---

* 추석치레: 추석날에 모양을 내는 일. 여기서는 추석에 선물하는 것을 가리킨다.
** 한껏해야: 기껏해야

"씻어서 말린다고요!"

철수는 한숨을 내쉬며 영이와 윤이를 돌아보니, 영이놈은 맹꽁이처럼 볼을 부르켜 가지고 한결같이 고개를 숙이고 있고, 윤이놈은 밥상을 노려만 보고 앉았다.

남이는 또 말을 계속했다.

"지가 빨래를 해 가지고 오니, 골목에서 영이와 윤이가 엿을 먹고 있기에, 웬 엿이냐니까, 싱글벙글 웃기만 하고 달아나는데 이웃 아이들의 말이, 옆집 순이가 헌 고무신 한 짝을 갖고 와서 엿을 바꿔 먹는 것을 보고, 윤이가 집으로 들어가서 신 한 짝을 들고 나와 엿장수에게 팽개치다시피하고 엿을 바꿔 가지고 갔는데, 조금 뒤에 영이가 또 한 짝을 마저 갖다주고 엿을 바꿨대요."

남이가 말을 마치자마자 영이는 눈을 해뜩거리면서*,

"지가 와, 그래 와 좀 안 주노 와!"

하는 것은 윤이가 엿을 바꿔 나눠 먹지 않기에 저도 그랬다는 뜻이다.

이러는 동안 윤이는 밥상에 얹힌 계란부침을 먹어 버렸다.

"그래, 그 엿장수는 어느 놈인데?"

"매일 단골로 오는……."

"머리 텁수룩하고 젊은 총각놈 말이지, 으음……."

* 해뜩거리다: 살짝살짝 자꾸 곁눈질을 하다.

철수는 밥상을 내밀었다. 남이는 남이대로,

"이놈의 엿장수 오기만 와 봐라!"

고 벼르면서 밥상을 내갔다. 영이놈도 슬며시 일어나서 윤이 옆에 가서 잘 작정을 한다.

부엌에서는 남이가 엿장수에 대한 앙갚음을 하는 셈인지 솥전에 바가지 닥뜨리는* 소리가 요란하다. 철수는,

"얘 남아, 신을 도로 찾아 주든지 아니면 새로 사 주든지 할 테니 바가지 너무 닥뜨리지 말고 그릇 조심해라!"

그러고는 담배를 붙여 물었다.

그러나 세상이 도둑판이고, 따라서 요즘 엿장수란 엿 파는 빙자로** 빈집을 노려 요강, 대야 훔쳐 가기가 예사고, 심지어는 빨래까지 걷어 가는 판인데, 신으로 말하면 도둑질 해 간 것도 아닌 이상, 그놈을 잡고 힐난***을 한댔자 쉽사리 찾아질 것 같지도 않았다.

영이와 윤이는 어느 새 잠이 들었다. 웃옷을 벗기고 베개를 베어 주고 철수도 옷을 갈아입고 자리에 누웠다.

밖은 물기 먹은 초열흘 달이 희붓한데****, 남이는 설거지를 마쳤는지 부엌은 조용하다. 어디서 아낙네들의 웃음소리가 먼 듯

---

* 닥뜨리다: 닥쳐오는 사물에 부딪다.
** 빙자로: 핑계로
*** 힐난: 트집을 잡아 거북할 만큼 따지고 둚.
**** 희붓하다: '희부옇다'의 방언. 희끄무레하고 부옇다.

가까운 듯 들려오고 밤은 간지럽게 깊어 갔다.

　남이가 세숫대야에 걸레랑 헌 양말이랑 담아 옆에 끼고 마악 대문 밖으로 나서는데 엿장수의 가위 소리가 들려왔다. 엿장수는 마을 중턱 보리밭 사잇길을 올라오고 있었다. 남이는 대문 설주*에 몸을 붙이고 엿장수를 기다렸다. 엿장수는 마을 앞에 오자 한 층 더 목청을 높여,

　"자아, 떨어진 고무신이나 백철** 부서진 거나 삼베 속곳*** 떨어진 거나…… 째깍째깍."

　"저놈의 엿장수 미쳤는가베!"

하고 입속말로 중얼거렸고, 마을 아이들은 어느새 엿장수를 둘러쌌다.

　엿장수가 엿판을 길목에 내리자 남이는 가시처럼 꼭 찌르는 소리로,

　"보소!"

　엿장수는 놀란 듯 힐끗 한번 돌아보고는 담을 싼 아이들을 헤치고 남이에게로 오는데 남이는 입을 쌜쭉하면서 대뜸,

　"내 신 내놓소!"

했다. 엿장수는 걸음을 멈추고 한참 동안 남이를 바라보다 말고 은근한 말투로,

・ 설주: 문짝을 끼워 달기 위하여 문의 양쪽에 세운 기둥
・・ 백철: 함석이나 양은, 니켈 따위의 빛이 흰 쇠붙이
・・・ 속곳: 한복 차림일 때 치마 안에 입는 바지 모양의 속옷

"신은 웬 신요?"

하고는 상대편에 의심을 받을 만큼 히죽이 웃어 보이자 남이는 눈을 까칠해 가지고,

"잡아떼면 누가 속을 줄 아는가베!"

그러나 엿장수는 수양버들 봄바람 맞듯 연신 히죽거리며,

"뭘요? 그믐밤에 홍두깨*도 분수가 있지?"

남이는 발끈하고,

"신 말이오!"

"신을요?"

"어제 우리 집 아이들을 꾀어 간 옥색 고무신 말요!"

엿장수는 머리를 벅벅 긁으며,

"꾀기는 누가……."

하고는 한 걸음 앞으로 다가서서 길 아래위를 살핀 다음 낮은 소리로,

"그 신이 당신 신이던교?"

"누구 신이든 내놔요, 빨리!"

엿장수는 또 머리를 긁으면서,

"당신 신인 줄 알았으면야, 이놈이 미친놈이 아닌 댐에야……."

하고 지나치게 고분거리는데, 남이는 한결같이 앙살**을 부린다.

"내놔요, 빨리!"

* 그믐밤에 홍두깨: 별안간 엉뚱한 말이나 행동을 함을 비유한 말
** 앙살: 엄살을 부리며 버티고 겨루는 짓

엿장수는 손짓으로 어르듯 달래듯,

"가만 있소. 도가*에 가 보고 신이 그냥 있으면야 갖다주고 말고. 만일 신이 없으면 새 신이라도 사다 줄게요. 염려 마소!"

하고는 남이의 발을 눈잼**하는데, 이때 난데없이 굵다란 벌 한 마리가 날아와 남이의 얼굴 주위를 잉잉 날아돈다. 남이는 상을 찌푸리고 한 손을 내저어 벌을 쫓고 목을 돌리고 하는데, 벌은 갑자기 남이 저고리 앞섶에 붙어 가슴패기로 기어오르고 있다.

이것을 조마조마 보고 있던 엿장수는,

"가, 가만……."

하고는 한걸음에 뛰어들어,

"요놈의 벌이……."

하고 손바닥으로 벌을 딱 덮어 눌렀다.

옆에서 보기에도 민망스러운 순간이었다.

남이는 당황하면서도 귀 언저리를 붉히고 한 걸음 뒤로 물러서자 함께 엿장수 손아귀에는 벌이 쥐어졌다. 쥐인 벌이 고스란히 있을 리가 없다. 한번 잉 소리를 내고는 그만 손바닥을 쏘아 버렸다. 동시에 엿장수는,

"앗!"

하고 쥐었던 손을 펴 불며 털며 앙감질***을 하는 꼴이 남이는 어

---

* 도가: 혼례나 장사에 쓰일 물건을 세놓던 가게
** 눈잼: 눈짐작. 눈으로 헤아려 보는 짐작
*** 앙감질: 한 발은 들고 한 발로만 뛰는 짓

떻게나 우스웠던지 그만 손등으로 입을 가리고 킥킥 하고 웃어 버렸다. 엿장수는 반은 울상 반은 웃는 상 남이를 바라보는데, 남이의 송곳니가 무척 예뻐 보였다. 남이는 엿장수와 눈이 마주치자 무색해서 눈을 땅바닥으로 떨어뜨렸다. 살을 쏘아 버린 벌이 꽁무니에 흰 실 같은 것을 달고 거추장스럽게 기어가고 있다. 남이의 시선을 따라온 엿장수 눈이 이것을 보자 그만 그 억센 발로,

"엥이 엥이 엥이."

하고 망깨* 다지듯 짓밟고 문질러 자취도 없이 해 버리자 남이는 또 웃음이 나올 것만 같아 문을 밀고 안으로 들어가 버렸다.

엿장수는 무슨 발작이나 막 하고 난 사람처럼 맥이 없었다. 어깨와 두 팔을 축 늘어뜨리고 남이가 들어간 문 쪽을 한참 동안 멍하니 바라보고 나서야 비로소 어슬렁어슬렁 엿판께로 돌아왔다.

엿판 가에는 아이들이 파리 떼처럼 붙어 있다. 보아하니 윤이는 아랫배에 두 손을 붙여 도사리고 앉아 엿을 노리고 있고, 영이는 서서 아이들과 어느 것이 굵으니 작으니 하며 태태거리고** 있다.

엿은 애들이 그새 얼마나 손질을 했기에 가루가 벗어지고 노르스름한 알몸이 드러난 것이 따끈한 봄볕에 쬐여 노그라질*** 대로 노그라졌다. 이런 엿은 누가 시험삼아 입에 넣어 볼 양이면 단맛보다는 먼저 짭짤한 맛이리라.

* 망깨: 땅을 단단하게 다지는 작업 도구
** 태태거리다: 장난스럽게 다투다.
*** 노그라지다: 지쳐서 맥이 빠지고 축 늘어지다.

엿장수는 아이들과 엿판을 번갈아 보다 말고 무슨 생각에선지 엿을 몇 가락 움켜쥐고는 가위로 때려 부숴 둘러선 아이들에게 한 동강이씩 선심을 쓰는데, 그중에도 영이와 윤이는 제일 큰 것을 받았다.

엿장수는 한쪽 어깨에 비스듬히 엿판을 메고 연신 힐끗힐끗 철수네 집을 보아 가며 다음 마을로 건너갔다. 그러나 해질 무렵 해서 또다시 가위 소리가 들렸으나 엿장수는 엿판을 내리지도 않고 또 아이들도 채 모이기도 전에 아랫마을로 내려가 버렸다.

다음 날도 좋은 날씨였다. 먼 산은 선잠 깬 여인의 눈시울처럼 자꾸만 선이 희미해 오고 수양버들은 아지랑이가 간지러운 듯 한들거렸다. 보리 싹은 제법 파릇하고 남향 담 밑에는 민들레가 놀란 듯 활짝 피었다.

오늘따라 엿장수는 일찍 왔다. 엿장수가 오는 시간을 누구보담 더 잘 알고 있는 이 마을 아이들에게 있어서는 적지 않은 사건이었다. 또 하나 의외의 일은 한 담배 참*씩이면 다음 마을로 가 버리는 엿장수가 오늘은 제법 아이들과 시시덕거리고 놀기를 시작한 것이다. 그뿐만 아니라, 길목 타작마당에서 아이들과 뜀뛰기까지 하다가 점심때 가까이 해서야 다음 마을로 건너가는 것이었다.

아이들은 어제 모양으로 엿을 한 동강이씩 주지 않고 가는 것이 퍽이나 섭섭한 눈초리로 뒤꼴을 바라보았으나, 보리쌀 삶을

* 한 담배 참: 담배 한 대 피울 정도의 짧은 시간

즈음해서 엿장수는 또 왔고, 해가 져서야 돌아갔다.

 다음 날도 그랬고 그 다음 날도 그랬다. 다만 전날과 다른 것은 영이와 윤이에게 엿을 한 가락씩 쥐어 주고 간 것이다. 동네 아이들은 영이와 윤이가 무척 부러웠다.

 날씨는 한결같이 좋았다. 산기슭 잔디 언덕에는 쑥 싹을 캐는 소녀들의 색 낡은 분홍 치마가 애틋하게 정다워 보이고, 개울가에는 냉이랑 독새*랑 여뀌랑 미나리랑 싹이 뾰족뾰족 돋아났다.

 엿장수는 한결같이 왔고, 와서는 갈 줄을 몰랐다. 어떤 날은 벙글벙글 웃었고, 웃는 날은 애들에게 엿을 나눠 주었으나 벙어리처럼 덤덤히 앉았다가 가는 날은 엿 맛을 못 보았다. 그렇기에 아이들은 엿장수가 오면 엿판보다 먼저 엿장수 눈치부터 보는 버릇이 생겼다.

 요즘은 그 텁수룩한 머리에다 기름 칠갑**을 해 가지고는 억지로 빗어 넘기고 또 옥색 인조견*** 조끼도 입었다. 낯익은 동네 아낙네들이,

 "엿장수 요새 장가갔는가베?"

라고 할라치면, 엿장수는 수줍게도 씩 웃으며 그 펑퍼짐한 얼굴을 모로**** 돌리곤 했다.

---

* 독새: '독새풀(늦봄 논이나 밭의 습지에 나는 녹색 풀)'의 잘못된 표현
** 칠갑: 흠뻑 칠하여 바름.
*** 인조견: 사람이 만든 명주실로 짠 비단
**** 모로: 옆으로

하루는 철수가 저녁을 딴 데서 치르고 늦게 돌아오는데, 어떤 젊은 사내가 대문 틈으로 정신없이 집 안을 들여다보고 있었다. 철수는 이놈이 바로 좀도둑이거니 하고 손가방으로 궁둥짝을 후려치며,

"웬 놈이냐?"

하고 고함을 질렀다. 사나이는 그야말로 뱀이나 밟은 것처럼 기겁을 하고는 철수를 보자 이내 한 손을 머리로 올리고 꾸벅꾸벅 절만을 했다.

"뭣을 훔치려고 노리는 거야?"

"아 아니올시더. 예 예, 저 댁의 강아지가 예 헤헤……."

"강아지가 어쨌단 거야?"

"예 저 아니올시더, 헤헤."

연신 허리를 꾸뻑거리고는 비슬비슬 달아나 버렸다.

"그놈 미친놈이군!"

했을 뿐 그 사나이가 엿장순 줄을 철수는 몰랐다.

밤이면 개 짖는 소리가 요란했고 그런 밤이면 마을 사람들은 안팎 문을 꼭꼭 걸어 닫았다.

어떤 사람은 철수네 집 담 밑에서 도둑놈을 보았다고 했고, 또 어떤 사람은 길목에서도 보았다고들 했다. 개울 빨래터에서도 보았고 동네 우물가에서도 보았다고들 했다. 그러나 막상 도둑을 맞은 사람은 한 사람도 없건만 마을에서는 도둑 소문이 자자한 채 달도 바뀌고, 제비 올 무렵 어느 날 저녁녘에 우연히도 남이

아버지가 찾아왔다.

철수 내외가 남이 아버지를 맨 나중 만나기는 지금으로부터 3년 전 윤이가 나던 해였다. 그리고 꼭 3년이 지났다. 3년 동안 남이 아버지는 많이도 변했다. 머리는 검은 털보다는 흰 털이 훨씬 더 많았고, 그 길숨한 얼굴은 유지*를 비벼 논 것처럼 주름살이 잡혔다. 저녁을 먹고 나서 남이 아버지는,

"내가 달리 온 것이 아님더!"

* 유지: 주름살이 잘게 잡힌 종이 또는 기름종이

하고는 담배를 잰다. 철수 내외는 암만해도 이 영감이 딸을 보러만 온 것이 아니라고 짐작은 하면서도,

"무슨 일인데요? 새삼스리?"

그러자 남이 아버지는,

"안 그런기요, 내가 나이 70에 내일 죽을지 모레 죽을지……."

그러고는 담배를 쭉쭉 소리를 내어 빨고 나서,

"내가 오늘 온 것은 다름이 아니올시더. 저 냄이 말임더, 저것을 내 산 동안에 짝을 맞촤 놔야 안 되겠는교!"

하고는 또 담배를 빨기 시작한다.

철수는,

"그야 짝을 맞출 때가 되면 그래야죠."

한즉,

"아니올시더, 지집애가 나이 열여덟이면 과년했거던요*!"

"……."

"우리 동네 말임더, 나이 올해 스무 살 먹은 얌전한 신랑이 있는데, 모자 단둘이고요, 뱃일이고 바닷일이고 입댈 것 없지요……."

철수는 듣다 못해,

"그래서 영감은 거기다 남이를 시집보내겠단 말씀이죠?"

"아암요!"

* 과년하다: 나이가 보통 혼인할 시기를 지난 상태에 있다.

그러자 철수 아내가,

"보이소. 나도 스물한 살 때 이 집에 시집을 왔는데, 뭣이 그리 급해서, 더구나 남이는 나이만 열여덟이라 뿐이지 원래 좀 된 편이라 숙성한 애들의 열대여섯밖에는 안 뵈는데……."

"아니올시더, 부모 갖고 살림 있으면야 한 해 두 해 늦어도 까딱없지요, 아암 까딱없고 말고……."

"그렇잖아도 스무 살은 안 넘길 작정을 하고, 또 그리 준비도 하고 있소!"

스무 살이라는 말에 남이 아버지는 그만 질색을 하면서,

"언머어이 무슨 말인교? 당찮심더!"

하고는 낯까지 붉히었다. 철수 아내가 또 무슨 말을 하려는 것을 철수는 손짓으로 막고,

"영감 잘 알았소. 그만 건너가서 편히 쉬이소."

하자 그제서야 남이 아버지는 안심이 되는 듯 일어서며,

"내일 아침에 일찍 가겠심더, 안 그런교? 기왕 남의 권식*될 바야 하루라도 일찍 보내는기 좋지 않겠는교."

하고 또 뭐라고 중얼중얼하면서 건너갔다.

남이는 여느 때와 조금도 다름없이 부엌에서 아침 채비를 하고 있다. 다만 다른 것은 눈시울이 약간 부은 것뿐이다.

* 권식: 한집에 사는 식구

이날 철수 내외는 둘 다 결근을 했다. 철수 아내는 그동안 장만해 두었던 남이의 옷감을 꺼냈다. 그리 좋은 것은 아니나 그래도 저고릿감이 네 벌, 치맛감이 세 벌, 그 밖에 자기가 시집올 때 해 온 무색옷 중에서 시속*에 맞지 않고, 색이 너무 난한** 것을 추려 몇 벌, 또 속옷 이것저것 해서 한 보퉁이는 좋이*** 되었다. 아침을 치르고 나서 철수 내외는 남이를 불러 갈 차비를 하라고 이르고, 그의 아내는 밀쳐 둔 보퉁이를 헤치고 이것은 뭣이고, 이것은 언제 입는 옷이고, 또 이것은 다시 고쳐야 하고 하면서 일일이 일러 주는데, 남이는 듣는 둥 마는 둥 하고,

　"아직 설거지도 안 했는데……."

하고 일어선다.

　"내가 할 테니 그만두고, 어서 머리 빗어라. 그리고 옷은 이걸 입고, 버선은 요전번에 신던 것 신고……."

　그러나 남이는,

　"물도 안 길었어요!"

하고 또 밖으로 나가려고 한다.

　"그만둬라!"

　"요새 물이 달려서 일찍 가야 해요!"

　그러자 건넌방에서는 남이 아버지가,

・ 시속: 그 당시 풍속
** 난하다: 빛깔이나 글씨, 무늬 등이 깔끔하지 않고 어지럽거나 야단스럽다.
*** 좋이: 꽤, 넉넉히

"남아, 준비 다 됐나? 차 시간 놓칠라, 속히 가자!"

하고 소리를 질렀다. 남이는 건넌방 쪽을 흘겨보고,

"가고 싶거든 혼자 가지……."

하고 중얼거리면서 또 밖으로 나가려는 것을 이번에는 철수가 불러들여,

"가 보고 마땅찮거든 다시 오더라도 가도록 해야지, 차 시간도 있고 하니 빨리 차비를 해라!"

하고 타이르는데, 남이 아버지는 벌써 뜰에 나와 기다리고 있다. 남이는 그제서야 낯을 씻고 제가 일상 쓰던 물건들을 챙겼다.

크림통과 가루분통이 하나씩, 그리고 한쪽 모가 떨어져 삼각이 된 거울이 한 개, 얼레빗과 참빗, 그 밖에 숫본, 골무, 베갯모, 색 헝겊, 당세기*, 허드레옷 해서 그것도 한 보퉁이가 실하다.

분홍 치마에 흰 반회장저고리를 입고 맑은 때가 묻을락 말락 한 버선을 신은 남이는 딴사람 같이 예뻐 보였다. 어디다 내세우더라도 얌전한 색싯감이었다.

남이 아버지가 대문짝에 담뱃대를 딱딱 뚜드리면서 헛기침을 하는 것은 빨리 나오라는 재촉일 게다. 철수 아내는 이모저모 옷맵시를 보아 주고,

"어서 가거라. 너 잔치할 때는 너 아저씨가 가든지 내가 가든지 꼭 할 테니……."

• 당세기: '고리(주로 옷을 넣어 두는 상자)'의 방언

그러나 남이는 한 마디 인사말도 없이 영이와 윤이를 찾는다. 골목에 나가 놀고 있던 영이와 윤이는 남이의 달라진 모양을 보고 눈이 뚱그레져서,

"아지마 어데 가노?"

하고 묻는다.

남이는 대답도 않고 두 아이를 데리고 건넌방으로 들어가 영이와 윤이를 세운 채 두 팔로 가둬 안고,

"윤이야, 아지마 가면 니 빠빠 누가 줄꼬?"

하자 영이가 또,

"아지마 어데 가노?"

하고 묻는다. 남이는 목멘 낮은 소리로,

"우리 집에 간다!"

그러나 영이는,

"거짓말이다. 이거 너거 집 앙이고 머고?"

하고 발까지 구르며 짜증을 낸다. 갑자기 윤이가 그 넓적한 입을 삐죽거리면서 억실억실한* 눈에 눈물을 함빡 가둔다. 남이는 지그시 팔에 힘을 준다. 윤이 눈에서 눈물 한 방울이 떨어져 남이의 자줏빛 옷고름에 얼룩이 진다.

바로 이때다. 골목에서 엿장수 가위 소리가 들려왔다. 남이는 재빨리 윤이를 업고, 영이의 손목을 잡은 채 밖으로 나갔다. 남이

* 억실억실하다: 얼굴 모양이나 생김새가 큼직큼직하고 시원시원하다.

아버지는 벌써 저만치 철수와 하직을 하면서 내려가고, 엿장수는 막 철수네 집 앞에서 대문을 나서는 남이와 마주쳤다. 엿장수는 얼빠진 사람처럼 남이를 바라보는데 남이의 눈에는 순간 어두운 그림자가 지나갔다.

남이는 윤이를 업은 채 허리를 굽히고, 몸을 약간 돌려 치맛자락을 걷고 빨간 콩주머니에서 10원짜리 두 장을 꺼내 엿장수에게 주었다. 엿장수는 그제서야 눈을 돌려 남이와 돈을 번갈아 보다 말고, 신문지 조각에 엿을 너댓 가락 싸서 아무 말도 없이 돈과 함께 내민다. 남이는 약간 망설이다가 역시 암말도 없이 한 손으로 받아 가지고는 영이를 앞세우고 안으로 들어왔다. 엿장수는 멍하니 대문만 쳐다보고 있다가 침을 한번 꿀꺽 삼키고 나서 엿판을 둘러메고는 혼잣말로,

"꽃놀음을 가면 자지내 골짝이지, 그럼 한 걸음을 앞서 울음고개로 질러감 되겠지!"

이렇게 중얼대면서 엿장수는 빠른 걸음으로 담 모퉁이를 돌아 울음고개로 향해 갔다. (자지내 골짝은 이 근방 사람들이 단골로 가는 봄 가을의 놀이터다.)

남이는 그 엿장수에게 받은 엿을 영이에게 둘, 윤이에게 둘 각각 손에 쥐어 주고서도 한 동강이 잘라 입에 넣고는 손수건으로 윤이 눈물 자국과 영이 코밑을 닦아 주고서야 보퉁이를 들고 일어섰다.

영이와 윤이는 엿 먹기에 여념이 없었다.

철수 아내는 보통이 한 개를 들고 따라 나오면서 남이에게 귓속말로 뭣을 일러 주고…….

 이래서, 남이는 떠나간다. 다만 한 가지 철수 내외에게 수수께끼는 마을 중턱에서 남이를 보내고 서서 그의 뒷모양을 바라보는데, 남이가 어이한* 옥색 고무신을 신고 가는 것이다. 더구나 한 번도 신지 않은 새 것을…….

 철수 내외는 서로 얼굴만 쳐다볼 뿐 도로 물어본달 수도 없고 해서 그만두었다.

 보리밭 사이 조그만 언덕길로 옥색 고무신을 신은 남이는 갔다. 자지내 골짜기로 꽃놀음을 가는 줄만 알았던 남이가 난데없는 영감 하나를 따라가고 있는 광경을 엿장수는 울음고개 위에서 멀거니 바라보고 있는 것을 남이 자신이야 알 리도 없었다.

* 어이하다: '어찌하다'를 예스럽게 이르는 말

파랑새

모리스 마테를링크

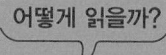

① 여러 모험을 거치며 주인공이 어떤 깨달음을 얻게 되는지 살펴보세요.
② 파랑새가 의미하는 것이 무엇인지, 진정한 행복은 어디에서 찾을 수 있는지 생각해 보세요.

앞부분 줄거리

  크리스마스 전날 밤, 초라한 오두막집에 사는 남매 틸틸과 미틸에게 요술쟁이 할머니가 찾아와요. 할머니는 자신의 아픈 손녀를 위해 남매에게 파랑새를 찾아 달라고 부탁하지요. 아이들은 시간을 거꾸로 돌리는 마법 모자를 받아, 말하는 고양이의 요정과 개의 요정, 빛의 요정과 함께 모험을 떠나요.
  틸틸과 미틸은 처음 방문한 '추억의 나라'에서 돌아가신 할아버지와 할머니를 만났어요. 남매는 그곳에서 살아 있는 사람들이 죽은 사람들을 추억하는 한 그들은 여전히 살아 있다는 것을 알게 되지요. 틸틸과 미틸은 파랑새도 찾았지만 새는 곧 검은 새로 변해 버렸어요.
  다음으로 찾아간 '밤의 나라'에서 틸틸은 밤의 여왕의 허락을 얻어 전쟁과 질병의 유령 등이 갇혀 있는 청동 문을 하나씩 열어 보았어요. 마지막 청동 문 안에는 가장 무시무시한 것이 갇혀 있다고 했지만 열어 보니 거기에는 수많은 파랑새가 가득했어요. 하지만 그곳의 파랑새들은 바깥으로 나오자 모두 죽어 버렸지요.

숲의 나라

틸틸과 미틸은 어두워질 즈음에 숲의 나라에 도착했어요. 틸틸은 모자에 달린 다이아몬드 단추를 돌렸어요. 그러자 나뭇잎 스치는 소리와 함께 나무 줄기에서 나무 요정들이 나왔어요. 나무의 요정들은 아이들을 보고 잎사귀를 흔들면서 고함을 질렀어요.

"사람이 나타났어!"

"사람은 우리를 함부로 베고 자르지!"

그때 숲의 여왕이 어둠을 뚫고 다가왔어요. 숲의 여왕은 참나무 잎으로 만든 왕관을 쓰고 나무 지팡이를 짚고 있었어요. 그런데 가만히 보니 숲의 여왕의 어깨 위에 파랑새가 앉아 있는 게 아니겠어요? 틸틸이 자기도 모르게 소리쳤어요.

"파랑새야! 숲의 여왕님, 그 새를 저희한테 주실 수 없나요?"

"파랑새는 숲의 행복과 비밀을 지켜 주는 새야. 파랑새를 잡으러 온 것을 보니 너희도 잔인한 사람들과 다를 게 없구나."

숲의 여왕은 나무의 요정들과 동물의 요정들을 불러 위엄 있게 물었어요.

"누가 저 아이들을 혼내 주겠느냐?"

그런데 아무도 앞으로 나서지 않았어요. 그러자 숲의 여왕이 소나무를 지목했어요.

"여왕님, 전 최근에 곤충들의 습격을 받아서 건강이 좋지 않아요. 상수리나무에게 맡기는 게 어떨까요?"

그러나 상수리나무도 박달나무에게 미루고 뒤로 빠졌어요.

"너희 모두 사람을 두려워하고 있구나. 저렇게 작은 아이인데도 무섭단 말이냐?"

숲의 여왕이 호통을 쳤어요. 그때 황소가 앞으로 나서며 말했어요.

"제게 맡겨 주세요. 이 단단한 뿔로 혼을 내 주겠어요."

"우리가 너에게 뭘 잘못했다고 그러니?"

틸틸이 따지듯 물었어요.

"사람들은 황소들을 이용만 하고 잡아먹지. 난 그 복수를 하고 싶을 뿐이야."

"오빠, 무서워."

미틸이 겁을 집어먹고 말했어요. 하지만 틸틸은 용감하게 맞섰어요.

"우리는 너희를 미워하지 않아. 너희에게 피해도 주지 않을 거야! 우리를 그냥 보내 줘!"

"이런, 어린아이가 꽤 용감하구나."

황소가 얼른 공격을 못 하자 성질 급한 말이 앞으로 나왔어요.

"내 발로 힘껏 걷어차 주지."

틸틸은 말을 쏘아보며 더 큰 목소리로 외쳤어요.

"난 하나도 두렵지 않아! 미틸, 오빠 뒤로 와. 오빠가 널 지켜 줄게!"

그러자 말도 뒷걸음질을 치며 말했어요.

"난 더 이상 못 싸우겠어. 저 아이는 기가 전혀 죽지 않아!"
산돼지가 그 모습을 보고 비웃었어요.
"저런 겁쟁이들! 얘들아, 우리가 나서서 사람들이 얼마나 못된 짓을 했는지 똑똑히 깨닫게 해 주자!"
산돼지의 말에 곰과 늑대가 틸틸을 둘러쌌어요.
"그만둬! 우리는 나쁜 짓을 하지 않아. 우리는 병에 걸린 소녀를 도우려고 숲에 온 것뿐이야!"

틸틸이 소리쳤지만 아무도 그 말을 듣지 않았어요.

결국 틸틸과 개의 요정은 숲의 동물들과 맞서 싸움을 할 수밖에 없었어요. 하지만 상대의 숫자가 너무 많아 금세 지치고 말았어요.

그때 빛의 요정이 새벽빛과 함께 다가왔어요.

"저길 봐! 빛의 요정이야."

개의 요정이 반가워하며 외쳤어요. 빛의 요정을 본 나무 요정과 동물들은 허둥지둥 달아났어요. 숲의 여왕도 어디론가 사라지고 없었지요. 빛의 요정은 환한 미소를 지으면서 틸틸에게 다가왔어요.

행복의 나라

그 뒤에 틸틸과 미틸이 도착한 곳은 행복의 나라였어요. 행복의 나라에 들어서자 푸른 잔디가 깔린 정원이 한없이 펼쳐져 있었어요. 높은 대리석 기둥이 떠받치고 있는 행복의 궁전은 온통 금으로 장식되어 번쩍번쩍 빛이 났어요. 틸틸 일행은 비취 탁자가 있는 커다란 방으로 들어갔어요. 식탁에는 먹음직스러운 음식이 가득 차려져 있고, 어마어마하게 살찐 사람들이 둘러앉아 즐겁게 웃고 떠들며 음식을 먹고 있었어요.

"저 사람들은 누구죠?"

"사치의 요정들이야! 요정들이 아마 너희들을 식탁으로 초대할 거야. 그렇지만 절대로 가까이 가면 안 돼!"

빛의 요정이 주의를 주었어요.

"배고픈데 가서 조금만 먹으면 안 될까요?"

"안 돼. 저 음식들을 먹으면 너희가 해야 할 일을 모두 잊고 말 거야."

그때 뚱뚱한 사치의 요정이 다가와 말을 건넸어요.

"안녕, 친구들! 난 사치의 요정 가운데 가장 으뜸인 돈의 요정이란다. 내 친구들을 소개할게. 얼굴이 둥글고 예쁜 이 요정은 허영의 요정이야. 저 요정은 아무것도 모르는 무지의 요정이야. 귀가 완전히 멀어서 아무것도 들리지 않지. 그 옆의 쌍둥이 요정은 먹기만 하는 요정이야. 배가 고프거나 목이 마르지 않아도 항상 먹어 대지. 자, 우리와 함께 우리 식탁으로 가지 않을래?"

"초대해 줘서 고마워. 하지만 우리는 시간이 없어. 파랑새를 찾아야 하거든. 혹시 파랑새를 본 적이 있니?"

틸틸이 말했어요.

"파랑새라고? 이름은 들어 본 것도 같아. 하지만 먹을 수도 없는 새를 찾아서 뭐 하려고?"

돈의 요정이 허리를 꼿꼿이 세우고 말했어요.

틸틸이 돈의 요정과 얘기를 나누는 사이에 미틸과 다른 요정들은 벌써 식탁에 앉아 음식을 먹고 있었어요. 틸틸이 말렸지만 소용이 없었어요. 먹는 데만 신경이 쏠려 틸틸의 목소리를 듣지 못했거든요.

"빨리 다이아몬드 단추를 돌려!"

빛의 요정이 틸틸에게 속삭였어요. 틸틸이 모자에 있는 다이아몬드 단추를 돌리자 순식간에 식탁이 사라지고, 뚱뚱한 요정들이 바람 빠진 풍선처럼 쭈글쭈글해졌어요. 화려한 옷은 누더기로 변하고 기름진 음식들이 차려진 식탁도 사라졌어요. 요정들은 서로의 모습을 보고는 울부짖으며 행복의 나라 옆에 바로 붙어 있는 불행의 동굴로 들어가 숨어 버렸어요.

"돈이 없거나 외모가 아름답지 못해도 세상에는 많은 행복이 있단다. 사람들이 그걸 발견하지 못할 뿐이야. 마음의 눈을 뜨면 참된 행복이 보일 거야."

빛의 요정이 안타까워하며 말했어요.

"어머나, 저 아이들은 누구지?"

미틸이 분수대에서 놀고 있는 어여쁜 아이들을 가리키며 말했어요.

"저 아이들은 모두 행복이야. 노래하고 춤추고 마음껏 웃을 수 있지만 아직 말은 못 해."

그때 예쁜 드레스를 입은 아이들이 다가와 인사를 건넸어요.

"안녕, 틸틸! 안녕, 미틸!"

"너희는 누구지?"

틸틸이 머리를 갸웃하며 물었어요.

"우리는 너희 집의 행복이야. 언제나 너희 가족과 함께 살고 있지."

"우리 집에도 행복이 있다고?"

"이런 바보, 너희 집은 행복으로 가득 차 있어. 지붕이 날아갈 만큼 우리가 큰 소리로 노래하고 춤추는걸."

얼굴이 사과처럼 빨간 행복이 섭섭해하며 말했어요.

"난 건강의 행복이고 얘는 신선한 공기의 행복이야. 네가 아침에 잠에서 깨어나 문을 열고 밖으로 나가면 우리를 만나게 돼. 너희 옆에는 언제나 행복이 있지. 태양이 지면 황혼의 행복이 찾아가고 그다음에는 별빛이 반짝이는 밤하늘의 행복이 찾아가. 날씨가 흐리면 비의 행복이 진주로 만든 옷을 입고 나타날 거야. 부모님을 사랑하는 행복도 있지. 봄의 행복과 겨울의 행복도 잊으면 안 돼!"

건강의 행복은 틸틸의 집에 있는 행복들을 소개했어요. 틸틸은 그 많은 행복들이 곁에 있다는 사실에 깜짝 놀랐어요.

"너희는 파랑새가 어디에 있는지 아니?"

틸틸이 묻자 행복의 요정들이 큰 소리로 웃음을 터트렸어요.

"넌 아직도 파랑새가 어디에 있는지 모르니?"

"몰라! 그런데 그게 웃긴 일이니?"

행복의 요정들이 웃자 틸틸은 약간 기분이 상했어요. 그러자 행복의 요정들이 사과하며 말했어요.

"비웃는 건 아니니까 화내지 마. 그렇지만 우리가 가르쳐 줄 수는 없어. 파랑새는 너희가 찾아야 해."

그때 천사처럼 아름답고 눈부신 요정들이 틸틸 일행이 있는 곳으로 걸어왔어요.

"정말로 아름다워요! 그런데 저 요정들은 왜 웃지 않죠? 행복하지 않나요?"

"정말로 큰 행복에는 웃음이 따르지 않을 수도 있어. 저 요정들은 커다란 기쁨들이야. 맨 앞에 걸어오는 요정은 정의의 기쁨, 그 뒤는 친절의 기쁨, 이해의 기쁨이야. 가장 뒤쪽 요정이 누군지 알아볼 수 있겠니?"

건강의 요정이 빙그레 웃으며 말했어요.

"글쎄, 누구지?"

틸틸과 미틸은 알 듯 말 듯했어요.

"눈을 크게 뜨고 다시 한 번 봐! 저건 어머니의 사랑의 기쁨이야. 어머니의 사랑보다 큰 기쁨은 없어."

그 순간, 어머니의 사랑이 두 팔을 크게 벌리고 뛰어와 틸틸과 미틸을 꼭 안아 주었어요.

"애들아, 엄마의 사랑을 몰라보다니 섭섭하구나."

미틸이 얼굴을 붉히며 대답했어요.

"우리 엄마와 비슷하긴 한데 아름답고 눈부셔서 못 알아봤어요. 이 옷은 정말 예쁘네요. 뭘로 만든 거죠?"

"키스와 포옹, 따뜻하고 부드러운 미소! 너희가 엄마한테 키스

할 때마다 햇빛과 달빛이 이 옷을 반짝반짝 빛나게 해 준단다. 그런데 여기는 무슨 일로 왔니?"

"빛의 요정이 우리를 이곳까지 데려다주었어요. 우리는 파랑새를 찾고 있어요."

어머니의 사랑은 빛의 요정에게 인사를 했어요.

"우리 아이들을 끝까지 잘 부탁해요."

그때 미틸이 어머니의 사랑의 품에 뛰어들었어요.

"나는 엄마와 함께 여기 있을래."

어머니의 사랑은 다정한 미소를 지으며 말했어요.

"미틸, 여행을 마치고 돌아오렴. 나는 먼저 집에 돌아가서 너희를 기다리고 있으마."

틸틸과 미틸은 어쩔 수 없이 어머니의 사랑과 작별을 할 수밖에 없었어요. 파랑새를 찾는 일이 급했으니까요.

미래의 나라

잠시 뒤 틸틸과 미틸은 기둥도 마루도 온통 파란색인 궁전 앞에 도착했어요. 그곳은 미래의 나라였어요. 미래의 나라에서는 파란 옷을 입은 아이들이 파란색 마루에서 뛰놀고 있었어요. 빛의 요정이 미소를 지으며 그 아이들에 대해 설명해 주었어요.

"이 아이들은 아직 태어나지 않은 아이들이야. 이곳에서 태어

날 날을 기다리고 있지."

그때 한 아이가 다가와 물었어요.

"세상에 태어나면 재밌을까?"

"그럼, 정말 재밌어."

틸틸이 대답했어요.

"넌 어떻게 태어났는데?"

"그건 너무 오래전이라 잊어버렸는걸."

"태어날 때 엄마들이 저 문 밖에서 기다리고 있다는 게 사실일까? 엄마들은 모두 좋은 사람들이라고 하던데 그것도 참말인지 궁금해."

"그럼, 엄마는 세상에서 가장 좋은 사람이야."

이번에는 미틸이 대답해 주었어요.

그때 한 아이가 틸틸과 미틸에게 달려왔어요.

"형! 누나! 난 곧 있으면 형과 누나의 동생으로 태어날 거야!"

"네가 우리 동생이라고?"

틸틸은 깜짝 놀랐어요.

"정말이야?"

미틸은 기쁜 얼굴로 아이의 손을 덥석 잡았어요.

"응, 다음 부활절이 되기 전 일요일에 태어날 거야. 우리 집은 어떤 곳이야?"

"우리 집은 무척 행복하단다."

틸틸과 미틸은 한목소리로 말했어요.

그때 지진이 난 것처럼 땅이 울리더니 정면에 있던 거대한 돌문이 열리기 시작했어요. 파란 옷을 입은 아이들은 돌문 주변으로 우르르 모여들었어요. 문틈으로 파란 빛이 쏟아져 들어왔어요.
빛의 요정은 틸틸과 미틸에게 나지막하게 속삭였어요.
"어서 기둥 뒤로 숨어! 시간의 아버지가 보면 위험해!"
기둥 뒤로 몸을 숨긴 뒤 틸틸이 물었어요.
"왜 저 문이 열리는 거예요?"
"오늘은 몇 명의 아이들이 태어나는 날이란다. 그래서 시간의 아버지가 세상에 태어날 아이들을 데리러 왔단다."
커다란 문이 열리고 밝은 아침 햇살이 미래의 나라를 환하게 비추었어요. 눈부신 햇살 속에서 황금빛 돛을 펼친 배가 출항을 기다리고 있었어요. 배 안에서 주황색 밧줄로 엮은 사다리가 내려오더니, 한 손에는 큰 낫을 들고 다른 손에는 모래시계를 든 노인이 천천히 걸어 나왔어요. 바로 시간의 아버지였어요.
"자, 밀지 말고 한 줄로 서라! 오늘 배에 탈 아이들은 모두 스무 명이다."
시간의 아버지가 아이들을 한 명씩 보며 말했어요.
"이 녀석, 넌 10년 후에 오너라! 나를 속이면 못쓴다! 거기 너, 오늘은 네 차례인데 왜 가까이 오지 않는 거냐?"
"저는 태어나고 싶지 않아요."
아이는 뒤로 물러서며 말했어요.
"이미 결정된 일이야! 너는 세상에 가서 큰 영웅이 될 거야!"

시간의 아버지는 그 아이까지 배에 타는 것을 보고 나서 배에 탄 아이들의 수를 세었어요.

"이런, 한 명이 모자라잖아? 누가 숨어 있는 거냐?"

그러자 아이들 틈에 몸을 숨기고 있던 여자아이와 남자아이가 걸어 나오며 애원했어요.

"우리는 헤어지고 싶지 않아요."

"안 돼! 이제 390초밖에 남지 않았다. 어서 타렴."

시간의 아버지는 강제로 남자아이를 배에 태웠어요.

드디어 배가 출항했어요. 멀리서 아이들이 외치는 음성이 들려왔어요.

"와, 세상이다! 정말 아름다운 곳이야!"

잠시 뒤에는 엄마들이 아이들을 환영하면서 부르는 기쁨과 희망의 노래가 들렸어요. 시간의 아버지는 커다란 돌문을 닫고 뒤에 남겨진 아이들을 바라보았어요. 그러다가 기둥 뒤에 틸틸과 미틸이 숨어 있는 것을 보고 말했어요.

"아니? 너희는 여기 어떻게 들어왔지?"

시간의 아버지는 험상궂은 표정으로 낫을 휘두르면서 다가왔어요. 그러자 빛의 요정이 다급하게 외쳤어요.

"틸틸, 다이아몬드 단추를 돌려!"

그 말을 듣고 틸틸이 재빨리 다이아몬드를 돌렸어요. 그 덕분에 모두 무사히 그곳을 빠져나왔어요.

파랑새는 우리 집에

"여기는 어디지?"

틸틸은 눈을 깜박이며 주변을 둘러보았어요.

"잘 보렴."

빛의 요정이 웃으며 말했어요.

그때 미틸이 소리쳤어요.

"와, 여긴 우리 집이야! 집에 돌아왔어!"

틸틸과 미틸은 집에 돌아오자 크게 안심이 되었어요.

"이제 우리 모두 헤어질 시간이란다."

빛의 요정이 슬픈 표정으로 아이들에게 말했어요.

"하지만 아직도 파랑새는 찾지 못했어요. 이웃집 할머니께서 매우 슬퍼하실 텐데 걱정이에요."

틸틸이 시무룩한 얼굴로 말했어요.

"너희는 최선을 다했어. 그거면 된 거야."

빛의 요정이 틸틸과 미틸을 위로했어요.

빵의 요정과 불의 요정은 틸틸과 미틸에게 작별 인사를 하고 먼저 제자리로 돌아갔어요. 물의 요정과 사탕의 요정도 제자리로 돌아갔어요. 개와 고양이도 원래 모습으로 돌아갔지요.

"이제 내 차례구나. 얘들아, 잘 있으렴. 난 언제나 너희들 곁에 있을 거야. 찬란한 햇빛, 고요한 달빛이나 눈부신 별빛, 혹은 새벽빛을 보면 날 생각하렴."

빛의 요정이 마지막으로 틸틸과 미틸의 뺨에 입을 맞추었어요.

다음 날 아침, 창문 너머로 아침 햇살이 들어와 방 안을 환하게 비추었어요. 틸틸과 미틸은 침대 위에 잠들어 있었어요.

"이 잠꾸러기들, 어서 일어나렴!"

엄마가 방으로 들어와 큰 소리로 아이들을 깨웠어요.

틸틸은 벌떡 일어나 엄마 품으로 뛰어들었어요.

"엄마, 오랜만이에요, 정말 보고 싶었어요!"

"그게 무슨 소리니, 틸틸? 우리는 어젯밤에도 인사를 했잖아."

미틸도 눈을 비비면서 엄마 품으로 뛰어들었어요.

"우리가 너무 오랫동안 여행을 해서 엄마도 외로웠지요?"

"무슨 소리니, 미틸? 꿈이라도 꾼 모양이로구나."

엄마는 사랑스런 두 아이에게 입맞춤을 하며 말했어요.

"저희가 할머니, 할아버지도 만났어요. 두 분은 무척 행복해 보이셨어요."

아이들의 말에 귀를 기울이던 엄마가 급히 아빠를 불렀어요.

"여보! 어서 와 봐요. 아이들이 이상해요!"

놀란 아빠가 서둘러 아이들 방으로 들어왔어요. 아이들은 아빠 품으로도 반갑게 뛰어들었어요. 아빠는 아이들을 꼭 안으면서 말했어요.

"걱정할 것 없어. 아이들은 이렇게 씩씩한걸!"

그때였어요. 누군가가 문을 두드렸어요. 문을 열어 보니 이웃집 할머니였어요.

"수프를 끓이려고 하는데 성냥이 없어서 빌리러 왔어요."

틸틸과 미틸은 할머니를 보자마자 파랑새가 떠올랐어요.

"할머니, 죄송해요. 파랑새를 찾지 못했어요."

틸틸이 울상이 된 얼굴로 말했어요. 엄마는 아이들의 말에 몹시 당황했어요.

"죄송해요, 할머니. 아이들이 아침에 일어나서 계속 이상한 소리를 하네요."

"괜찮아요. 아이들이 다 그렇죠, 뭐! 꿈을 꾸었나 보군요. 우리 손녀도 자주 그래요."

할머니는 알 듯 말 듯 미소를 지으며 말했어요.

"참, 손녀는 좀 어때요?"

엄마가 안부를 물었어요.

"휴, 병이 낫지를 않아서 걱정이에요."

"참, 손녀분이 항상 새를 갖고 싶어 했다죠? 틸틸, 그 애한테 크리스마스 선물로 네 새를 주지 않겠니?"

엄마가 틸틸을 돌아보며 물었어요.

"파랑새가 아니어도 괜찮다면 가져가세요!"

틸틸은 이렇게 말하며 새장을 가리켰어요.

그러다 깜짝 놀랐어요. 새장 안에 그렇게 찾아 헤매던 파랑새가 있었거든요.

"파랑새예요! 파랑새가 우리 집에 있었어요. 할머니, 이 파랑새를 손녀한테 갖다주세요. 틀림없이 병이 나을 거예요."

틸틸은 기쁜 마음으로 파랑새를 할머니에게 건넸어요.
"고맙구나! 넌 정말로 착한 아이로구나!"
할머니는 기뻐하며 새장을 들고 돌아갔어요.
틸틸과 미틸은 집 안 구석구석을 둘러보았어요.
"엄마, 아빠, 우리 집이 훨씬 아름다워졌어요. 엄마와 아빠도 훨씬 멋있고요."
틸틸은 행복하게 웃으며 말했어요.

그때 다시 문 두드리는 소리가 들렸어요. 문을 열자 아름다운 소녀가 파랑새를 품에 안고 서 있었어요. 할머니가 뒤따라와 눈물을 훔치며 기쁜 소식을 전했어요.

"기적이 일어났어요! 손녀에게 파랑새를 주니까 침대에서 벌떡 일어났지 뭐예요."

틸틸은 소녀에게 가까이 다가가 말했어요.

"넌 빛의 요정과 똑 닮았구나. 파랑새가 예쁘니?"

"응. 정말 예뻐."

"내가 먹이 주는 법을 알려 줄게."

틸틸이 이렇게 말하며 파랑새에 손을 뻗을 때였어요. 파랑새가 소녀의 손에서 빠져나가 하늘로 훨훨 날아가 버렸어요.

"어머 파랑새가 날아가 버렸어!"

소녀가 울상을 지었어요. 틸틸이 소녀를 달래며 약속했어요.

"울지 마. 내가 다른 파랑새를 잡아 줄게. 진짜 행복을 가져다 주는 파랑새는 멀리 있지 않거든."

8

항아리

정호승

어떻게 읽을까?

① 항아리의 쓰임이 변화하는 과정을 보며 성장의 의미를 생각해 보세요.
② 현실의 부정적인 처지에 좌절하거나 포기하지 않고 인내와 희망을 품고 살아가는 항아리의 삶의 태도에 집중하여 읽어 보세요.

나는 독 짓는 젊은이한테서 태어났습니다. 젊은이는 스무 살 때 집을 떠나 멀리 도시로 나갔다가 아버지가 세상을 떠나자 가업을 잇기 위해 다시 고향으로 돌아와 독을 짓기 시작한 젊은이였습니다. 나는 그 젊은이가 맨 처음 지은 항아리로 태어났습니다.

　그런 탓인지 나는 그리 썩 잘 만들어진 항아리가 아니었습니다. 어릴 때부터 할아버지와 아버지의 어깨 너머로 독 짓는 법을 쭉 배워 왔다고는 하나 처음이라서 그런지 젊은이의 솜씨는 무척 서툴렀습니다. 곱게 질흙을 빚는 것도, 가마에 불을 때는 것도, 디딜 풀무질*을 하는 것도, 잿물**을 바르는 것도 모두 서투르기 짝이 없었습니다.

　젊은이는 내가 세상에 태어나자 아주 못마땅한 얼굴로 나를 쳐다보았습니다. 마치 내가 무슨 큰 잘못이라도 저지른 듯 나를 쳐다보는 눈길이 아주 기분 나빴습니다.

　그러나 나는 뜨거운 가마 밖으로 빠져나온 것만 해도 기뻤습니다. 처음에 가마 속에 들어갔을 때 불타 죽는 줄만 알았지, 내가

---

* 디딜 풀무질: 발로 디뎌서 바람을 내는 풀무질
** 잿물: 도자기의 몸에 덧씌우는 약. 도자기에 액체나 기체가 스며들지 못하게 하며 겉면에 광택이 나게 한다.

다른 무엇으로 다시 태어난다고는 생각하지 못했습니다. 그런 내가 아래위가 좁고 허리가 두둑한 항아리로 태어났으니 그 얼마나 스스로 대견스럽고 기쁘던지요.

그러나 그것은 나만의 기쁨일 뿐 젊은이는 나를 달가워하지 않았습니다. 나는 그대로 뒷간 마당가에 방치되었습니다.

나의 존재는 곧 잊혀졌습니다.

버려지고 잊혀진 자의 가슴은 무척 아팠습니다. 항아리가 된 내가 그 무엇을 위해 소중하게 쓰이는 존재가 될 줄 알았으나, 나는 버려진 항아리 이외의 아무것도 아니었습니다.

소나기가 지나가면 빗물이 고였습니다.

빗물에 구름이 잠깐 머물다가 지나갔습니다.

가끔 가랑잎이 날아와 맴돌 때도 있었습니다.

밤에는 이따금 별빛들이 찾아와 쓰다듬어 주었습니다.

만일 그들마저 찾아와 주지 않았다면 나는 아마 그대로 죽고 말았을 것입니다.

그러나 그들만을 위해 존재하고 있기에는 나 자신이 너무나 초라하고 안타까웠습니다. 나는 그 누군가를 위해 사용되는 가장 소중한 그 무엇이 되고 싶었습니다. 그래야만 뜨거운 가마의 불구덩이 속에서 끝끝내 살아남은 의미와 가치가 있을 것 같았습니다.

그러던 어느 가을이었습니다. 하루는 젊은이가 삽을 가지고 와서 깊게 땅을 파고는 모가지만 남겨 둔 채 나를 묻고 그대로 돌아가 버렸습니다.

땅속에 파묻힌 나는 내가 무엇으로 쓰일지 알 수 없었습니다. 그렇지만 가슴은 두근거렸습니다. 이제야 내가 버려진 존재가 아니라 남을 위해 무엇으로 쓰일 수 있는 존재라는 사실에 그저 한없이 가슴이 떨려 왔습니다.

그날 밤이었습니다. 감나무 가지 위에 휘영청 보름달이 걸려 있었습니다. 어디선가 나를 향해 다가오는 젊은이의 발걸음 소리가 들렸습니다. 나는 가슴을 억누르고 두 귀를 쫑긋 세웠습니다. 젊은이의 발걸음 소리는 바로 내 머리맡에 와서 딱 멈추었습니다.

나의 가슴은 크게 고동쳤습니다. 달빛에 비친 젊은이의 그림자가 바람에 흔들렸습니다. 나는 고요히 숨을 죽이고 젊은이를 향해 마음속으로 크게 팔을 벌렸습니다.

아, 그런데 이게 도대체 무슨 일입니까. 젊은이는 고의춤*을 열고 주저 없이 나를 향해 오줌을 누는 것이었습니다. 그러고는 뒤도 돌아보지 않고 다시 방 안으로 들어가 버렸습니다. 아, 나는 그만 오줌독이 되고 만 것이었습니다.

나는 참으로 슬펐습니다. 아니, 슬프다 못해 처량했습니다. 지금까지 참고 기다리며 열망해 온 것이 고작 이것이었나 싶어 참담했습니다.

젊은이는 밤낮을 가리지 않고 찾아와 오줌을 누고 갔습니다. 젊은이뿐만이 아니었습니다. 젊은이의 아이들도, 가끔 들르는 동

• 고의춤: 바지의 허리를 접어서 여민 사이

네 사람들도 오줌을 누고 갔습니다. 내가 오줌독이 되기 위해서 이 세상에 태어난 것은 결코 아니라는 생각이 들었으나, 결국 나는 오줌독이 되어 가슴께까지 가득 오줌을 담고 살고 있었습니다.

곧 겨울이 다가왔습니다. 날은 갈수록 차가웠습니다. 강물이 얼어붙자 오줌도 얼어붙어 버렸습니다. 나는 겨우내 얼어붙은 내 몸의 한쪽 구석이 그대로 금이 가거나 터져 버릴까 봐 조마조마해서 한시도 마음을 놓을 수가 없었습니다.

다행히 내 몸이 온전한 채 봄이 찾아왔습니다. 물론 얼었던 강물도 녹아 흐르고 얼어붙었던 오줌도 다 녹아내렸습니다.

사람들은 밭을 갈고 씨를 뿌렸습니다. 씨를 뿌리고 난 뒤에는 내 몸에 가득 고인 오줌을 퍼다가 밭에다 뿌렸습니다.

배추밭에는 배추들이 싱싱하게 자랐습니다. 무밭에는 무들이 싱싱하게 자랐습니다. 나는 그들이 싱싱하게 자라나는 것을 보는 것만으로도 큰 위안이 되었습니다. 내가 오줌독이 되어 오줌을 모아 줌으로써 그들이 건강하게 잘 자랄 수 있게 된다고 생각하니 그런대로 살 만한 가치가 있는 존재였습니다.

그러나 시간이 가면 갈수록 그것만은 아닌 것 같았습니다. 나는 오줌독이 아닌 다른 무엇인가가 되고 싶어 늘 가슴 한쪽이 뜨겁게 달아올랐습니다.

1년이 지났습니다.

나는 여전히 오줌독으로 남아 있었습니다.

2년이 지났습니다.

나는 여전히 오줌독으로서의 역할밖에 하지 못했습니다.

오랜 시간이 흘렀습니다.

이제 내게 오줌을 누러 오는 사람조차 없었습니다. 굳이 누가 있다면 새들이 날아가다가 찔끔 똥을 갈기고 가는 게 고작이었습니다.

독 짓는 젊은이는 독 짓는 늙은이가 되어 병마에 시달리다가 세상을 떠났습니다. 독 짓던 가마 또한 허물어지고 폐허가 되어 날짐승들의 보금자리가 되었습니다.

어디에도 사람의 그림자는 보이지 않았습니다. 나는 어느새 오줌독의 신세에서 벗어나 있었습니다.

나는 날마다 마음을 고요히 가다듬었습니다. 이번에야말로 오줌독 따위가 아닌, 아름답고 소중한 그 무엇이 되기를 간절히 열망했습니다. 사람의 일생이 어떠한 꿈을 꾸었느냐 하는 그 꿈의 크기에 따라 달라진다면, 나도 큰 꿈을 꿈으로써 내 삶을 크게 변화시키고 싶었습니다.

그러던 어느 해 봄이었습니다. 두런두런 사람들의 목소리와 발소리가 들리더니 폐허가 된 가마터에 사람들이 집을 짓기 시작했습니다.

집은 제법 규모가 큰 절이었습니다. 사람들은 몇 해에 걸쳐 일주문과 대웅전과 비로전은 물론 종각*까지 다 지었습니다. 종각

• 종각: 큰 종을 달아 두는 누각

이 완공되자 사람들은 에밀레종과 비슷하나 크기는 보다 작은 종을 달았습니다.

종소리는 날마다 달과 별이 마지막까지 빛을 뿜는 새벽하늘로 높이 울려 퍼졌습니다. 새벽이 올 때까지 잠들지 못하고 그대로 땅속에 파묻혀 있는 내게 종소리는 새소리처럼 아름다웠습니다.

그런데 참으로 이상한 일이었습니다. 사람들은 종소리가 아름답지 않다고 야단들이었습니다. 종소리가 탁하고 울림이 없어 공허하기만 하지 맑고 알차지 않다는 것이었습니다.

절의 주지 스님은 어떻게 하면 맑고 아름다운 소리를 내는 종을 만들 수 있을까 하고 고민에 고민을 거듭하였습니다.

그러던 어느 날 아침이었습니다. 내 머리맡에 흰 고무신을 신은 주지 스님의 발이 와서 가만히 머물렀습니다. 주지 스님은 선 채로 한참 동안 나를 내려다보시더니 혼잣말로 중얼거렸습니다.

"으음, 이건 아버님이 만드신 항아리야. 이 항아리가 아직 남아 있다니. 이 항아리를 묻으면 좋겠군."

스님은 무슨 큰 보물이라도 발견한 듯 만면에 미소를 띠었습니다.

나는 두려움에 떨며 곧 종각의 종 밑에 다시 묻히게 되었습니다. 도대체 내가 무엇이 되기 위하여 종 밑에 묻히는지는 알 수 없었습니다.

그러나 그것은 그리 두려워할 일이 아니었습니다. 나를 종 밑에 묻고 종을 치자 너무나 놀라운 일이 일어났습니다. 종소리가

내 몸 안에 가득 들어왔다가 조금씩 조금씩 숨을 토하듯 내 몸을 한 바퀴 휘돌아 나감으로써 참으로 맑고 고운 소리를 내었습니다. 처음에는 주먹만 한 우박이 세상의 모든 바위 위에 떨어지는 소리 같기도 하다가, 나중에는 갈대숲을 지나가는 바람이나 실비 소리 같기도 하고, 그 소리는 이어지는가 싶으면 끝나고, 끝나는 가 싶으면 다시 계속 이어졌습니다.

 나는 내가 종소리가 된 게 아닌가 하는 착각에 몸을 떨었습니다. 그러면서 그때서야 깨달을 수 있었습니다. 내가 그토록 오랜 세월 동안 참고 기다려 온 것이 무엇이며, 내가 이 세상을 위해 소중한 그 무엇이 되었다는 것을. 누구의 삶이든 참고 기다리고 노력하면 그 삶의 꿈이 이루어진다는 것을.

 고요히 산사*에 종소리가 울릴 때마다 요즘 나의 영혼은 기쁨으로 가득 찹니다. 범종**의 음관*** 역할을 함으로써 보다 아름다운 종소리를 낸다는 것, 그것이 바로 내가 바라던 내 존재의 의미이자 가치였습니다.

• 산사: 산속에 있는 절
•• 범종: 절에서 사용하는 큰 종
••• 음관: 종이나 악기에서 소리를 크고 아름답게 울리게 하는 울림통

9

안내를 부탁합니다

폴 빌리어드

어떻게 읽을까?

① 주인공이 어려움이 있을 때마다 '안내를 부탁합니다'에게 도움을 요청하는 모습이 어떤 의미를 가지는지 생각해 보세요.
② 어린 시절 도움을 받았던 '안내를 부탁합니다'가 사라졌을 때, 주인공이 이를 어떻게 받아들이고 성장하는지 살펴보세요.

어린 시절 시애틀에 살 때, 우리 집은 동네에서 전화가 있는 몇 안 되는 집이었다. 나는 지금도 2층 계단 옆 벽 아래에 붙어 있던 윤이 나는 참나무로 만든 커다란 전화기를 또렷이 기억한다. 반짝이는 수화기는 전화기 바로 옆에 놓여 있었다. 캔 우드 3105였던 전화번호까지 기억한다. 일곱 살이었던 나는 키가 작아서 전화기가 손에 닿지는 않았지만 어머니가 전화기에 대고 말씀하시는 게 신기해서 전화하는 내용을 듣곤 했다. 출장을 간 아버지에게 인사를 하라며 나를 번쩍 들어 올려 안고는 내 귀에 수화기를 갖다 대면 수화기에서 아버지의 목소리가 들렸다. 마술이었다.

이 신기한 상자 안에는 신비한 사람이 사는 것이 틀림없었다. 그녀의 이름은 '안내를 부탁합니다'였다. 그녀는 이 세상에서 가장 똑똑한 여자였다. 그녀는 모르는 것이 없었다. 어머니가 어떤 사람의 전화번호를 물어도 그녀는 척척 대답해 주었고, 우리 집 괘종시계가 고장이 났을 때도 정확한 시간을 알려 주었다.

내가 처음으로 이 수화기 안에 사는 요정과 개인적인 친분을 맺게 된 것은 어머니가 이웃집에 가고 집에 안 계신 어느 날이었다. 지하실에서 혼자 연장통을 가지고 놀다가 그만 망치로 손가락을 찧었다. 너무 아팠지만 집에는 응석을 받아 줄 사람이 아무도 없어서 울어 봐야 소용이 없을 것 같았다. 화끈거리는 손가락을 입으로 빨면서 계단을 올라왔다. 그때 2층 계단 옆에 있던 전화기를 발견하고는 재빨리 응접실에서 발 받침대를 가져와 딛고 올라서서 전화기를 집었다. 수화기를 들고 귀에 대자 누군가의 목소리가 들렸다.

"몇 번 바꿔 드릴까요?"

나는 전화기에 대고 말했다.

"안내를 부탁합니다."

한두 번 찰칵하는 연결음이 나더니 작지만 분명한 목소리가 들렸다.

"안내입니다."

나는 전화기에 대고 울음을 터뜨렸다.

"손가락을 다쳤어요. 아파요. 엉엉."

이제 누군가가 듣는다는 것을 알게 되자 눈물이 줄줄 흘러내렸다. 수화기에서 여성의 목소리가 물었다.

"집에 엄마 안 계시니?"

나는 훌쩍거리며 대답했다.

"나 말고는 아무도 없어요."

"피가 나니?"

"아니오. 망치로 손가락을 쳤는데, 그냥 아파요."

그녀가 물었다.

"냉장고를 열 수 있니?"

내가 할 수 있다고 하자, 그녀가 말했다.

"위 칸에 있는 냉동실에서 얼음 조각 몇 개를 꺼내 손가락에 대고 있으면 아프지 않을 거야. 울지 말고. 곧 괜찮아질 거야."

그녀의 말대로 했더니 정말 아프지 않았다. 이렇게 하여 나는 '안내를 부탁합니다'를 존경하게 되었다. 그 후 내가 혼자서 알아낼 수 없는 일이 생기면 항상 그녀에게 전화를 걸었다. 그녀는 만능 해결사였다. 무엇이든 모르는 것이 없었다. 항상 인내심과 이해심을 가지고 내 질문에 대답해 주었다. 나는 그녀에게 지리에 대해 물었다. 그녀는 필라델피아가 어디에 있는지, 내가 나중에 탐험을 하고 싶은 아름다운 오리노코강이 어디에 있는지도 알려 주었다. 그녀는 철자법도 가르쳐 주고, 우리 집 고양이가 석탄을 담는 큰 통 안에서 새끼를 낳았을 때는 며칠 동안 가까이 가지 말라는 말도 일러 주었다. 그녀는 내가 레버나 공원에서 잡은 다람쥐에게는 땅콩이나 밤 등 견과를 먹이라고 했다.

어느 날 나는 사랑하는 카나리아 패티가 죽어 있는 것을 발견했다. 나는 '안내를 부탁합니다'에게 전화를 걸어 슬픈 소식을 전해 주었다. 그녀는 내 말을 귀 기울여 듣고 어른이 아이를 달랠 때 하는 일반적인 이야기를 들려주었다. 하지만 별 위로가 되지 않았다. 나는 그녀에게 아름다운 노래를 불러 우리를 기쁘게 해 준 카나리아가 어느 날 갑자기 왜 날개를 퍼덕이다 새장 바닥에 쓰러져 죽어야 하는지를 물었다.

그녀는 내가 깊이 상심한 것을 알고는 다정히 말했다.

"폴, 그 새가 노래 부를 또 다른 세상이 있다는 것을 항상 기억해라."

그 말에 조금 기분이 나아졌다.

어느 날 나는 다시 전화로 안내를 불렀다. 친숙한 목소리가 들려왔다.

"안내입니다."

내가 물었다.

"'고정시키다'라는 단어의 철자가 어떻게 되지요?"

"'고정시키다'? 음…… f-i-x."

고맙다는 인사를 하려는데 갑자기 누나가 뒤에서 "야-아-아!" 하며 비명 소리를 내면서 놀래 주려고 달려들었다. 나는 전화기에 달린 수화기를 그대로 쥔 채 받침대에서 떨어졌다. 누나는 내가 놀라는 것을 보고 재밌어하다가 내가 여전히 전화기에서 떨어져 나간 수화기를 잡고 있는 것을 보자 소리를 질렀다.

"야, 그것을 잡고 있으면 어떻게 해? 전화선이 끊어졌잖아."

그 순간 내 실수로 '안내를 부탁합니다'를 잃어버렸다는 사실이 걱정되었다. 아무 소리도 들리지 않았다. '안내를 부탁합니다'는 이제 수화기 안에 없었다. 내가 수화기를 잡아당겨 전화기가 부서졌을 때, '안내를 부탁합니다'가 다쳤는지 궁금했지만 알 수가 없었다. 누나는 어디론가 나가 버렸고 나 혼자 계단에 앉아 울고

있는데 누군가 현관문을 두드렸다. 문을 열어 보니 현관에 어떤 남자가 서 있었다. 그가 물었다.

"뭐가 잘못된 일이 있었니?"

나는 눈물을 흘리면서 고개를 끄떡였다.

그가 말했다.

"나는 전화를 수리하는 아저씨란다. 저 아래 동네에서 일하고 있는데 전화 교환 아줌마가 이 전화번호에 문제가 생겼다고 알려 주어서 왔단다."

그는 아직도 내 손에 들린 수화기를 잡으며 물었다.

"어떻게 된 거니?"

나는 조금 전에 일어났던 일을 이야기했다.

"잠깐이면 고칠 수 있다. 울지 말거라."

그가 전화기를 열자 여러 가닥의 선과 코일이 복잡한 미로처럼 얽혀 있었다. 그는 아주 능숙한 솜씨로 수화기에 달린 줄의 끝을 전화기 속에 있는 한 곳에 대고 만지작거려 스크루드라이버로 조여서 고정시켰다. 그는 고리를 몇 번 위아래로 움직이더니 전화기에 대고 말을 했다.

"여보세요. 저 피트입니다. 3105번 이제 정상입니다. 아, 이 집 꼬마의 누나가 꼬마를 놀래 주려고 장난을 하다가 전화선이 끊어졌어요. 다시 고정시켰으니까 이제 됐어요. 수고하세요."

그는 웃음을 지으며 내 머리를 쓰다듬어 주고 갔다.

동부로 이사 갈 때까지 나는 계속 '안내를 부탁합니다'에게 필요할 때마다 전화를 걸었고 그녀는 늘 친절하고 상냥하게 대답해 주었다. 나는 새로 이사 가는 집의 전화기 안에 그녀가 없을 거라는 생각은 하지 못했기에 그녀에게 작별 인사도 못 했다. 이사를 하고 며칠 지나서 짐이 다 정리되고, 어머니가 거실 소파에 앉아 테이블 위에 있는 검은 물건을 들고 말을 하기 시작했을 때의 실망은 이만저만 큰 게 아니었다. 어머니의 말씀이 끝나자 그게 뭐냐고 물었다.

"새 전화기란다."

나는 공포에 질려 그 물건을 쳐다보았다. '안내를 부탁합니다'는 이런 무슨 뼈다귀같이 생긴 검고 흉측한 물건 속에 있을 수가 없었다. 이제 더는 전에 살던 집 벽에 걸려 반짝반짝 빛나던, 참나무 통으로 만들어진 전화기는 없었다. 그 옆에 있던 예쁜 수화기도 더는 볼 수 없었다. 내 귀에 속삭이던 작고 부드러운 목소리도 사라졌다. 나는 큰 배신감을 느꼈다. 내 질문에 답을 해 주던 '안내를 부탁합니다'에게 이제 다시는 어떤 부탁도 할 수 없었다. 새 전화기를 사용하고 싶지 않았다. 내 삶에서 아주 소중한 것을 뺏어가 버렸으니 새 전화기는 이제 친구가 아니라 적이었다. 나는 새 전화기가 미웠다. 화가 나서 손으로 새 전화기를 밀었다. 탁자에서 미끄러져 기울어지더니 바닥에 나뒹굴었다. 나는 그것을 바닥에 그대로 둔 채 나가 버렸다.

10대가 되어서야 전화기의 작동 원리를 알게 되었다. '안내를 부탁합니다'는 점점 기억에서 희미해졌지만 완전히 사라질 수는 없었다. 어떤 것에 대해 의심이 들고 불확실할 때면 불현듯 '안내를 부탁합니다'가 생각났다. 내가 모르는 것은 무엇이든지 답을 해 주는 요정이 존재할 때 느꼈던 안도감이 이제 아련한 추억이 되었다. 새 전화국의 안내 제도는 더는 질문에 답을 해 주지 않았다. 전화를 해서 안내를 찾으면 대개는 "미안하지만 우리는 그런 정보를 가지고 있지 않습니다."라고 대답했다. 나는 캔 우드의 '안내를 부탁합니다'가 끝없이 질문을 던지는 꼬마에게 얼마나 큰 인내심과 이해심으로 친절하게 대답해 주었는지를 깨닫게 되자 가슴 벅찬 깊은 감사를 느꼈다.

　결혼한 누나는 다시 옛날 시애틀에서 우리가 살던 캔 우드 가까운 동네에 살게 되었다. 나는 대학에 입학하기 전에 시애틀에 사는 누나를 며칠 동안 방문하기로 했다. 누나가 사는 동네의 전화국도 캔 우드에 있었다. 어느 날 오후 별 생각 없이 누나의 전화기를 들자 수화기에서 "몇 번을 바꿔 드릴까요?"라는 소리가 들렸다. 나는 무의식적으로 대답했다.
　"안내를 부탁합니다."
　한두 번 찰칵거리는 소리가 들리고 이어서 목소리가 들렸다.
　"안내입니다."
　그 한마디에 마치 타임머신을 탄 듯 나는 어린 시절로 되돌아갔다. 그 목소리는 전혀 변하지 않았다. 시간의 간격이 전혀 없었고 공간도 어린 시절 내가 살던 동네 그대로인 것처럼 나는 그 목소리를 알아들었다. 내가 물었다.

"'고정시키다'라는 단어의 철자가 어떻게 되지요?"

나는 급히 숨을 들이쉬다가 멈추는 소리를 들었다. 한동안 침묵이 흘렀다. 이어서 목소리가 들려왔다.

"이제 손가락은 안 아프지?"

내가 물었다.

"부인 성함이 어떻게 되세요? 만나고 싶습니다."

"나는 존슨 부인이고 원래 이름은 샐리지만 사람들은 나를 델신이라고 불러. 여기 직장 사람들 말고 옛날 친구들 말이야."

그녀는 잠깐 숨을 멈추었다가 말했다.

"너도 내 친구들처럼 델신이라고 불러 주면 좋겠어."

내가 물었다.

"왜요?"

그녀는 말했다.

"나도 너를 만나고 싶어. 만나서 얼굴을 보면서 그 이유를 말해 줄게."

내가 물었다.

"오늘 저녁 식사는 어떠세요? 남편 존슨 씨도 시간이 괜찮으면 함께 오세요."

그녀는 조용히 말했다.

"존슨 씨는 몇 년 전에 돌아가셨어."

그녀는 다시 명랑한 목소리로 말했다.

"그래. 함께 저녁 먹자. 나는 6시면 퇴근해."

"어디에서 만날까요?

"우리 집에서 저녁을 먹으면 어떨까? 식당에 가는 것보다 편할 거야. 오리노코강에 대해서도 듣고."

그녀는 내게 자기 집 주소를 알려 주었다. 오래전에 우리가 살던 집과 같은 동네였다.

"존슨 부인, 조금 후에 다시 전화 드릴게요."

그 목소리에게 '안내를 부탁합니다'라고 부르지 않고 다른 이름으로 부르는 것이 이상했다. 나는 존슨 부인과 전화를 끊고 여행사에 전화를 해서 다음 날 같은 시간으로 비행기 시간을 변경했다. 다시 존슨 부인에게 전화를 걸어 만날 약속을 했다. 나는 큰 파티에 초대받은 것처럼 흥분되어 그날 오후 내내 들떠서 외출 준비를 했다. 누나는 내가 차려 입은 모습을 보더니 놀랐다.

"어머나! 너, 여기 여자 친구 있었니? 도대체 누군데 그렇게 차려 입었니?"

나는 잠시 누나 캐럴을 바라보았다.

"누나, 맞아. 여자 친구와 데이트하러 가."

존슨 부인의 집은 아담하지만 바깥 정원이 잘 가꾸어졌다. 나는 이상한 기분으로 벨을 눌렀다. 괜히 방문하는 것은 아닌가 하는 생각도 잠시 들었다. 그때 문이 열렸다. 나는 '안내를 부탁합니다'의 얼굴을 바라보았다.

그녀는 내가 생각했던 것보다 젊어 보였다. 50대 후반의 백발에 눈에는 주름이 많았다. 눈가의 주름은 많이 웃으며 살아온 해학의 훈장이리라. 그녀는 지금도 웃고 있고 촉촉하게 젖은 갈색 눈은 빛났다. 그녀가 말했다.

"어서 와. 어서 들어 와."

그녀는 나를 거실로 데리고 갔다. 거실 한가운데 나를 잠시 세워 놓고 자기는 작은 의자에 앉아서 나를 똑바로 쳐다보았다.

"자, 얼굴을 제대로 보자."

그녀가 말했다.

"와! 잘생긴 청년이 되었네."

그러고는 약간 슬픈 표정으로 말했다.

"그런데 내가 생각했던 모습이 아닌걸."

내가 물었다.

"제가 어떤 모습일 거라고 생각하셨는데요?"

그녀는 하하 웃으면서 말했다.

"글쎄. 그리스 신들 중 하나인 아폴로 신으로 생각했지."

우리는 함께 웃었다.

나는 거실을 둘러보았다. 서가에는 책들이 잘 정돈되어 꽂혀 있었다. 존슨 부인이 내 옆에 서더니 서가 한쪽에 놓인 책들을 가리키며 말했다.

"이 책이 내 아폴로 신을 지키는 델포이 신전 군사들이었지."
내가 물었다.
"세상에, 델포이 신전의 군사들이라니 무슨 말이에요?"
"바로 너와 연관된 거란다. 또 하나의 내 이름이 된 델신도 거기서 붙여졌지."
내가 그녀를 바라보자 그녀는 말했다.
"자, 저녁 준비가 되었으니 식사하면서 이야기하자."
소박하지만 정성스레 차린 음식은 아주 맛있었다. 내가 요리 솜씨가 정말 훌륭하다고 하자 그녀가 자랑스러운 듯이 말했다.
"남편 월터도 내가 만든 요리를 아주 좋아했지."
그녀가 조용히 이야기를 계속했다.
"무슨 이유인지 모르지만 월터와 나 사이엔 아기가 없었단다. 그래서 네가 전화를 걸기 시작했을 때 마치 내 아이 대신인 것 같았어. 나는 늘 네가 다시 전화 걸기를 기다렸단다. 그런데 말이야."
그녀는 이야기를 멈추고 내게 물었다.
"너는 '고정시키다'라는 단어의 철자가 어떻게 된다고 생각했었니?"
내가 대답했다.
"F-i-c-s, 아니면, f-i-k-s, 아니면, f-i-c-k-s. 정확히 기억은 못하지만 제게 x는 이상한 철자였어요."
그녀가 말했다.
"내 생각이 맞았구나. 어쨌든 너는 나를 참 끈기 있게 만들곤 했지. 나는 항상 월터와 저녁 식탁에서 네가 던진 질문에 대해 이야기를 했어. 그는 네가 던진 질문을 듣고는 한바탕 크게 웃고 나를 놀렸지. 내가 델포이 신전 아폴로 신의 수호자가 되었다고. 그러더니 줄여서 나를 델신이라고 부르기 시작한 거야. 처음에는 장난으로 부르다가 아예 내 이름이 되어 버렸지.”

그녀가 회상에 잠긴 듯 잠시 말을 멈추더니 이어서 이야기를 들려주었다.

“그때 나는 네가 만일 내가 모르는 걸 물으면 어떻게 할까 하는 두려움이 있었어. 그래서 네가 주로 묻는 질문에 관한 책들을 모으기 시작했지. 지리, 자연, 동물 등등. 내가 다른 책을 사 올 때마다 월터는 나를 놀렸단다. ‘당신 신전의 서가에 군사가 하나 더 추가되는군.’ 그렇게 하여 델포이의 신전에 여러 군사들로 이루어진 책들이 마련된 거야.”

우리는 아주 즐거운 저녁 시간을 보냈다. 그녀가 내게 물었다.

“그때 죽은 카나리아 패티는 어떻게 되었니?”

“아버지의 시가 상자에 넣어 체리나무 아래에 묻어 주었어요. 돌로 작은 비석도 하나 세워 주었고요.”

내가 떠나기 전에 말했다.

“저는 내일 떠나요. 하지만 학기가 끝나면 다시 돌아올 거예요. 그때 전화해도 괜찮지요?”

그녀가 웃으며 대답했다.

“캔 우드에 있는 아무 전화기나 들고, ‘안내를 부탁합니다’를 찾으면 돼. 나는 주로 오후에 일해."

몇 달 후 나는 다시 시애틀에 돌아왔고, 제일 먼저 '안내를 부탁합니다'에게 전화를 걸었다. 이번에는 낯선 목소리가 들려왔다. 나는 샐리 존슨 부인을 찾는다고 했다.
그 목소리가 물었다.
"샐리의 친구입니까?"
"오랜 친굽니다. 폴 빌리어드라고 전해 주세요."
그 목소리가 말했다.
"미안합니다. 샐리는 5주 전에 세상을 떠났어요. 잠깐만요, 혹시 폴이라고 하셨나요?"
"예. 제가 폴입니다."
"샐리가 마지막 출근하던 날 당신에게 전해 줄 메모를 남겼어요. 여기 당신이 다시 전화를 걸면 읽어 주라고 한 메모지가 있답니다."
나는 거기 어떤 말이 적혔을지 짐작했지만 모른 척 물었다.
"뭐라고 씌어 있는데요?"
"아, 제가 읽어 드리지요. '폴에게 말해 줘요. 나에게는 아직도 노래를 부를 또 하나의 세상이 있다고. 그러면 폴이 무슨 뜻인지 알 거예요.'"
나는 그 목소리에게 감사하다고 인사를 하고 전화를 끊었다. 나는 물론 '안내를 부탁합니다'가 남긴 말이 무슨 뜻인지 안다.

작품 출처 및 수록 교과서

작품	작가	출처	수록 교과서
오후 4시, 달고나	이송현	《기념일의 무게》, 마음이음, 2023	천재(노미숙) 1-2
껍질을 벗다	프란시스코 히메네스	《프란시스코의 나비》, 다른, 2025	동아출판 1-1
노새 두 마리	최일남	《당제·흐르는 북·만취당기》, 창비, 2005	
선생님의 밥그릇	이청준	《날개의 집》, 문학과지성사, 2015	
소나기	황순원	《독 짓는 늙은이》, 문학과지성사, 2004	미래엔(민병곤), 동아출판, 천재(노미숙) 1-1
고무신	오영수	《요람기》, 다림, 2003	
파랑새	모리스 마테를링크	《파랑새》, 고래가숨쉬는도서관, 2014	미래엔(신유식), 비상(박영민) 1-1
항아리	정호승	《항아리》, 열림원, 2008	
안내를 부탁합니다	폴 빌리어드	《위그든 씨의 사탕가게》, 문예출판사, 2018	